KB098242

장군어미귀향가

장군어미 귀향가

지은이 | 오동명
발행일 | 초판 1쇄 2021년 7월 17일
발행처 | 멘토프레스
발행인 | 이경숙
본문편집 | 채정희
교정 | 유인경
인쇄 · 제본 | 한영문화사
등록번호 | 201-12-80347 / 등록일 2006년 5월 2일
주소 | 서울시 중구 충무로 2가 49 – 30 태광빌딩 302호
전화 | (02) 2272-0907
팩스 | (02) 2272-0974
E-mail | mentorpress@gmail.com
홈피 | www.mentorpress.co.kr
ISBN 978-89-93442-60-1 (03810)

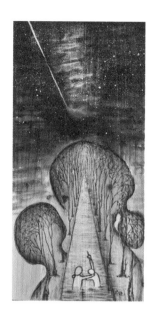

장군어미귀향가

소설 《봉순이 언니》
'봉순이'로 독립선언

오동명 소설

기적은 말야, 기회와 같아.
기회가 자기 몸에 찰싹찰떡 달라붙으면 기적이고
스쳐 지나가버리면 '기회를 놓쳤네' 하지.
실은, '기적을 놓친 거'야.
기회만큼 기적은 흔한데 어떻게든 다 놓치고 말지.

목차

이 소설은 《덴동어미화전가花煎歌》의 작가 무명씨와 이 화전가의 편역자인 박혜숙 님, 그리고 《봉순이 언니》의 작가 공지영 님, 세 분께 신세를 졌다. 이에 깊이 감사드린다.

들어가는 글

  어느 날, 목사님께 그저 입에서 나온 말로 내 이야기를 남이 아닌 내가 쓰고 싶다고 했더니 "쓰면 되지요. 못할 게 없지요. 내 이야기는 내가 써야 마땅한 것을 누가 나에 대해 쓸 수 있답니까?" 하시더라고. 그래서 난 솔직히 고백을 했다. 이미 알고 계셨겠지만⋯⋯.

  "나는 글을 쓸 줄은 몰라유. 더구나 소설 같은 건유."

  정규학교는커녕 기능학교 정문도 구경 못한 내가 어떻게 글을, 더구나 소설을 감히 쓸 수 있겠니. 이 글, 이런 글을 소설이라 한다는 것도 이번에 처음 알았다. 솔직하게 털어놓으니 쉽게 풀렸다. "내가 써드리겠습니다." 목사님이 써주기로 했고 이야기하기 좋아하는 그대로 나에 대해 주저리주저리 얘기했다. 여기에 나답지 않은 유식한 표현이나 문장은 모두 다 유식한 멋쟁이 목사님이 보태주신 거지만, 앞의 이 짧은 글만은 내가 말한 대로 토씨 하나 틀리지 않게 옮겨달라고 부탁했다.

  내 이름 — 사실 내 이름도 아니었지만 — 을 빌려 쓴 네 소설의 끝부분을 보아하니 내가 살아온 오십 년으로 미루어 앞으로 몇 년을 더 살지 모르지만 더 힘들고 구차하게, 더 뻔뻔하고 더 비참하게 꾸역꾸역 마저 살다 죽을 여자가 되겠더구나. 그것도 남자에 환장한 여자로⋯⋯.

그런데 너의 예상과는 달리 그렇지 않았다. 뜻밖의 일이 내게도 벌어졌고 그 뜻밖의 일이 나쁜 쪽으로 흐른 게 아니라 오히려…… 그 얘기가 될 것이다. 이 소설은 말이다. 지금 돌이켜보면 이것을 기적이라고 부를 만한데, 네가 잘 알다시피 난 그런 기적 따윈 절대 믿지도 바라지도 않는 사람이다. 기적의 반대가 될 팔자나 믿을까. 넌 내가 버리지 못한 희망, 끔찍하게 그 희망의 눈빛이라며 나를 아주 잘 써줬던데…… 그래 희망이라고 치자. 희망을 버리지 못한 여자, 이것이 그렇게도 네 눈에는 끔찍해 보였니?

나는 그저 한평생 살면서 그나마 몇몇 만나는 사람과 속이지 않고 성실하게 사는 것, 그래야 되는 것으로 알고 여태 살아온 사람이니 꿈이나 희망 더구나 기적 따위를 믿을 수 없다. 타령하며 팔자는 받아들였지만. 이 말을 하는데 목사님이 기적이 맞다고, 간증도 하셔야 한다고 꼬시지만(안 된다고 했지만 이 말은 그대로 옮겨달라고 했다) 나는 세차게 고개를 저었다. 그건 나답지 않은 거니까.

교회인지 아닌지 헷갈리게 하는, 바깥이나 안이나 십자가도 세우지 않고 교회라 하는 참가정연합이라는 데에서 이 목사님을 만났는데 ― 이 표현은 우리 교회를 모독하는 거라고 하셨지만 역시 그대로 써달라고 했다 ― 천상의 천국이 아니라 먼저 지상에서의 천국이 돼야 한다는 알다가도 모를 말을 하셨다.

천국? 이것조차 팔자로 사는 나하곤 거리가 너무 멀지만, 목사님으로부터 처음 천국이란 말을 들었을 때 난 어린 너하고 목욕탕 가곤 하던 그때가 내겐 천국이었지 않나 싶었다. 그때만 생각하면 그냥 무조건 기분 좋게 웃음이 나왔으니까.

많은 사람들이 내 이야기 '봉순이'를 읽었다지? 네가 내 허락도 받지 않고 내 이야기를 써서 아마 돈도 많이 벌었을 텐데, 돈은 너 갖고 목사님 덕분에 이젠 내가 내 이야기를 써보려고 한다. 내 이야기를 내가 쓰면서 지금 너에게 허락을 받아야 하는 것처럼 말하는 것 같으니 기분 참 요상하다. 이젠 너부터 내 이야기를, 내 진짜 이야기를 들어주면 좋겠다. 시시하고 껄렁하겠지만.

글은 못 써도 누구나 감정은 갖고 있고 그것을 높다 낮다, 좋다 나쁘다 라고 함부로 말한 순 없을 것이다. 그 감정은 다 소중하고 다 고귀한 거 아니겠니.

지금 너를 생각하면 가장 먼저 네가 나를 외면한 채 등을 돌렸던 그 1호선 전철 안이 떠오른다. 나는 네가 되돌아볼 거라 기대했지만 서둘러 피하는 듯한 네 등을 보고 나는 그저 허허 웃어야 했지. 그리고 나중에 알았다. 그 이상한 기분이 바로 낭패감이라는 것을. 그때, 너처럼 글은 잘 못 써도 말은 하고 싶었다. 그래도 밤마다 내가 지어낸 이야기를 듣고 정말인 줄 알고 무서워하던 너였던 걸 보면 말은 내가 좀 한 것 같으니…… 말로라도 이 가슴속의 것들을 다 쏟아내고 싶었다.

이제 들어볼껴? 진짜 내 얘기.

마음 심자가 제일이라

단단하게 맘 잡으면

꽃은 절로절로 피는 거요

새는 그럭저럭 우는 거요

달은 한결같이 밝은 거요

바람은 늘 부는 거라

맘만 그나저나 태평하면

그렇게도 보고 저렇게도 듣지

보고 듣기를 이와 같이 하면

고생될 일 별루 없소

서울역이었든가 그 다음역이었든가, 아무튼 나는 1호선 전철을 타고 수원으로 가고 있었다. 수원이 목적지가 아니라 내 고향을 목표로 하고 떠났지만 돈 한 푼 아끼느라 그래도 비용으론 좀 만만한 전철로 수원까지 가서 거기서 기차로든 시외버스로든 바꿔탈 양이었다. 그때였다.

졸다 깬 나는 깜짝 놀랐다. 십수 년이 지났어도 단번에 너를 알아봤으니까. 넌 나를 내내 보고 있었던지 내 눈과 마주치자 마치 눈에 날아온 돌멩이를 피하듯 나를 피하더구나. 내가 너무 졸지만 않았다면 너를 그렇게 황급히는 떠나보내지 않았을 텐데. 사십여 년 만에 어렴풋한 기억을 더듬어 고향으로 향하다 보니 마음도 심란하고 또 마지막 길이 되리라는…… 금의환향해야 하는 고향이라지만 환향녀*로 손찌검 눈찌검이나 당하지 않을까 외려 걱정하다 보니 저절로 눈이 감겼던 게다.

너는 나를 알아보는 눈치더만…… 내 마음이 그렇게 봐선지도 모르지. 반가웠으니까. 반가워서 눈을 뜨자마자 건너편에 앉아 있던 너를 보고 웃긴 했다만, 그 순간 네가 일어났고 저절로 열린 전철문 밖으로 미끄러지듯 사라지더구나. 나를 못 알아본 건가 했지만, 나는 너를 잘 안다. 어렸을 때 네가 얼마나 똑똑했는지를. 기억력도 대단했었지. 네가 네 살 때던가 다섯 살 때던가, 미자라는 그년 집에 쌓인

---

*환향녀는 병자호란 직후 청나라로 끌려갔다 돌아온 여인을 호칭하는 말. 조정에서는 대부분 정조를 잃은 이들이 창피해서 목숨을 끊거나 집에 돌아가기 두려워할까봐 홍제동 미리내 개울에서 몸을 씻게 하여 그들의 정절을 회복시켜주겠다는, 남성 본위 위주에서 비롯된 여성폄하의 욕.

'선데이서울'을 읽고 있는 너를 보고 혀를 차며 열아홉 살인 내가 이제 다섯 살인 너를 얼마나 부러워했는지 아니? 나는 그림이나 사진만 훌렁훌렁 넘겨봤지만 넌 꼼꼼히도 들여다보더구나. 벗은 여자남자의 세심한 부분들에도 네 눈이 꽂혔겠지만, 부러운 마음에 내가 너를 꼼꼼하게 보니 네 그 작고 말똥한 눈이 한 곳에만 머물러 있지 않았다. 그건 네가 글을 읽는다는 증거였지. 네 살인가 다섯 살에 말이다. 나는 누가 네게 글을 가르쳐준 것을 본 적이 없다. 그렇게 똑똑한 네가 이 미련퉁이에다 나이 오십이 다 된 늙어가는 나보다야 기억은 더 생생하고 또렷해야 할 터, 이런 내가 너를 알아보는데 그런 네가 나를 못 알아본다니, 내 고개가 절로 흔들릴 수밖에 없었다. 더구나 나는 조느라 널 본 시간도 짧았고 잠에서 덜 깨 몽롱했으니 보고 있던 시간으로나 말똥한 정신으로나 너는 나를 알아봤을 것인데…….

　마침 열린 전철문 밖으로 빠져나가는 너를 보면서 나는 그래도 한 번은 되돌아서, 고개만이라도 돌려서 나를 다시 볼 줄 알았다. 그런데 그런 일은 없었다.

　고대한 대로 된 게 하나 없이 살아온 나이니 너의 외면쯤이야 당연히 받아들였지만, 그래도 나도 감정은 살아있는 생물이라 섭섭하고 서운하고…… 그러다가 끝내 눈물을 흘리고 말았지. 울음이 터져나오기 전에 네게 자주 들려줬던 덴동어미 이야기를 떠올렸다.

　마음 심자가 제일이라
　　　　　·
　　　　　·
　　　　　·
　　　　　·
　고생될 일 별루 없소

　그리고 나니 눈물이 쏟아지는데, 그때 아마 전철은 덜컹덜컹거리며 한강을 막 건너고 있었을 게다. 그 한 번 돌아봐주는 게, 웃어주진 못하더라도 안다는 눈치 한 번 해주는 게 그리 힘들었니? 내가 창피했니?

　진짜 못 알아본 거라 믿자고 했다.

　덴동어미 이야기는 네 소설책에 한 번도 쓰지 않았더구나. 그럴 거야. 무서운 이야기를 끝낼 쯤이면 넌 너의 작은 조막손으로 아직 설익었어도 도톰한 내 가슴을 움켜쥐고 이내 잠들었으니까. 정말 무서웠는지 붙잡힌 내 가슴이 터질 듯이 아팠다. 그런 네가 난 참 좋았다. 나를 의지하는 것으로 알고 말이다. 그 느낌, 그 기분이 지금인 양 아직도 생생하다. 그래서 너는 기억 못할 덴동어미…….

　나는 네게 지어낸 어떤 이야기든 해주고 나면 끝에는 꼭 덴동어미 이야기를 해줬단다. 새근새근 잠들어 있는 네게 말이다. 내가 내게 들려주는 이야기겠지. 내가 무척 의지하던 이야기니까. 다른 이야기는 다 지어냈지만 덴동어미만은 유일하게 내가 읽은, 읽고 읽고 하도 읽어 다 기억하고, 또 들려주고 들려줘서 빠삭하게 외워버리고 말았지. 그렇게 자동으로 외워진 글처럼 내 삶도 어쩜 그렇게 덴동어미를 닮아가던지…….

부유한 집안에서 태어나 공부도 꽤나 잘한 너도 살기 힘든 건 나랑 별반 다르지 않은 것 같더구나. 나야 네 덕분에 세상에 잘 알려졌어도 나를 알아보는 사람은 한 명도 없지만, 넌 유명 소설가가 돼서 네 소설만이 아니라 네 소식도 그럭저럭 종종 들을 수 있었다.

그래도 맞은편에 앉은 너를 잠깐 보아하니 살기 힘든 건 같을지 몰라도 분명 너는 옷도 깨끗하고 얼굴도 하얀 게 뽀얀하기도 하고 우아하고 부티도 나고…… 옆에 앉았으면 비싼 향수내도 맡을 수 있을 것처럼, 그렇게 컸더구나. 네 몸에서 나는 냄새는 어떨까. 나야 냄새지만 너야 향기겠지. 그 향기도, 어릴 적 네가 아닌 처녀, 아니 세 아이의 어엿한 엄마가 된 그 향내도 맡고 싶었는데 그렇게 훌쩍. 난 다섯 살 네 냄새를 지금도 코로 기억하거든. 삼십 년도 더 지난 지금, 바뀐 냄새든 향기든, 그 냄새를 맡고 싶었단다. 서른 살 여자의 냄새를 말이다. 다섯 살로 각인된 냄새를 다 지워버릴 그 우아

한 여성의 향기로 아마도 지나가버린 시간을, 세월을 붙들고 싶었던 거겠지. 그래서 향수라고 하는지 모르겠다. 하지만 그 향을 맡지 못했으니 여전히 넌 내겐 다섯 살 꼬마의 젖비린내 기억으로 고스란히 남아 있겠지.

나는 웃는데 너는 웃지 않는 건 왜일까? 그날 전철에서처럼 너한테만이 아니라 너희 가족, 오랜만에 만난 아주머니에게 나는 늘 먼저 웃었는데 아주머니는 그렇지 않았다. 나는 실없는 사람이라서, 너희는 실있는 사람이어서겠지. 하지만 아무 거리낌 없이, 아무 계산 따위 없이 그저 반가워서 웃을 수 있는 건, 삼십 년의 세월이 지나도 네가 아줌마가 된 나를 봉순이 아줌마가 아닌 봉순이 언니라고 그대로 부를 수밖에 없는 것, 바로 이런 것과 같은 게 아니겠니?

나는 아직도 너의 어머니를 '아줌니'라고 부르는 게 어색하다. 내 의지로, 더구나 내 이익을 도모해서 내가 부른 게 아니라, 어머니가 어머니라고 부르라 했고, 아버지를 아버지라 부르라 한 건 너희 가족이었거든. 여기가 내 친정집이라 했고 니가 남이냐? 하셨으니 나는 당연히 어머니가 편했다. 그러니 '어머니'라고 부를 수밖에. 그래서 십 년, 이십 년이 지나도 그 어머니를 보면 먼저 웃을 수 있었다. 그런데 시간이, 세월이, 그리고 사는 곳이 산동네 주택에서 아파트로 변한 것들이 어색한 것을 자연스럽게 받아들이라고 한다. 어머니를 아줌니라고 부르는 게 자연스럽다고, 어색하지 않다고. 어색한데도 자연스러운 거라고 말이다. 십수 년 만에 나를 보고 웃지 못한 건 그래서였니? 변했기에, 따라서 변해야 하는 것이니까?

어색하지 않고 자연스러운 게 웃음을 짓는 게 아니라 웃음을 지우는 것이라면 그 변한다는 게 참으로 슬프다.

70

그날, 1호선 전철 앉은자리에서 마주보며 너를 만났던 그날, 나는 사십여 년 만에 고향으로 가고 있었다. 여비 한 푼 아껴보자고 탄 전철의 우연이 인연이 되게 했고 이내 그 인연은 또 우연이 되게 하고 말았다. 반가워야 할 우리가 그냥 스쳐 지나갔을 뿐이니, 내 아들을 못 봤겠구나. 수원에서 남원까지 갈 여비를 당당하게 마련해 보겠다고 신체의 장점을 살려 전철 다른 칸에서 구걸을 하고 있었을 때니……

"두 눈이 멀쩡한 사람보단 내가 유리해. 앞을 못 보는 내가 더 동냥하기 쉽거든." 아들은 앞 못 보는 봉사다.

나에겐 아들이 셋 있다. 넌 딸이 셋 있나 본데, 태어남은 전혀 달라도 이 점은 어찌 비슷한지…… 아버지가 다 다르다는 것도 같다니.

네 소설에 보니 내가 끊임없이 남자와 도망치고 다시 혼자가 돼서 돌아왔다가 또…… 근데 말이다. 내 팔자가, 그것도 이성팔자가 무슨 운이 튀었다고 끊임없이, 라니…… 틀린 말을 했더구나. 남이 들으면 남자에 환장한 년으로 나를 알게 하기 딱 좋게 썼던데. 나쁜 의도가 아니라는 건 널 잘 아는 내가 잘 안다. 그래도, 그래서 그 안다는 것 때문에 나쁜 의도가 집히진 않아도 섭섭했다 무척. 안다는 사람이.

이 소설을 쓰게 된 동기도 여기에 있다. 글 못 쓰는 이년도 할 말은 해야 했기에. 네가 정감 듬뿍 들게 썼으니 당했단 생각은 절대 없다. 다만 나도, 이렇게 사는 나도 자존심이란 게 있는지 억울하긴 했다. 억울? 엄청나게 울어댔었다. 나를 그렇게 써줘서가 아니라 안다는 네가 나를 몰라도 너무 몰라서였고…… 쓰기 전에 물어나 봤더라면.

세 명의 남자를 만났고, 그 세 명의 남자는 어땠는지 몰라도 나는 그 세 명의 남자에게 오로지 성실하고 오로지 충실한 여자였다. 동시에 두 남자? 말도, 아니 생각도 못하는 여자다 난. 그래. 바보였을진 몰라도 남에게 손가락질당할 그런 몹쓸 년은 아니었다.

내 팔자에 내가 속아

기어이 한 번 살아보려고

첫째 낭군은……

덴동어미는 내 팔자가 돼 있었다. 속였다면 정해져 있다는 팔자가 그랬겠지. 내가 속인 건 아니었다. 남자들은 내게서 내 아들들을 다 빼앗아갔다. 내가 기르는 것보다야 낫겠지 하며 이런 남자들에게 오히려 고마워했다. 오년 전쯤 어떻게 알았는지 나의 세 번째 남자에게서 연락이 왔다. 아들을 데려가라고 했다. 얼마나 기쁜지 바로 달려가 냉큼 안기부터 했던 아들이 눈을 뜨지 못한다는 것을 안 건, 안고 있는 내 가슴에서 아들 팔을 풀어놓은 뒤였다. 두 눈 멀쩡한 아들이었는데…… 연필심에 한쪽 눈이 찔렸고 그 뒤로 다른 눈마저 시력을 잃게 되자 그 아버지는 나를 찾았다.

"니가 절대 헤어질 수 없다고 해서 그동안 십 년 가까이 건강하게 먹여 키워 보내는 거다."

언제나 당당한 남자는 늘 날 부럽게 했다. 어떻게 저럴 수가 있을까. 그러나 다행이다 다행이다. 내 아들을 다시 만날 수 있게 됐으니 봉사면 어떻고 벙어리면 어떨까. 더구나 앞을 못 보니 멀쩡한 사람보다 도움이 더 필요할 테고, 따뜻한 사랑이 더 필요할 것이니.

그 아들이 십 년 만에 온 엄마에게 처음 한 말이 "엄마, 어디 갔다가 이제 와?"였다. 마치 장에 갔다 좀 늦게 온 사람에게 하듯……. 나는 두 눈이 있어 눈물이라도 흐르지만 아들은 나를 꼭 껴안고서도 울지 못했다.

핏덩이 때 헤어졌던 아들이 나를 돕겠다고 동냥을 간 사이 너를 만났고, 나는 이 우연이 하늘에서 내려준 대단한 기회라도 되는 양…… 이 말을 하니 마치 네게 고향까지 갈 여비를 얻게 된 횡재라는 뜻으로, 그 희망의 눈빛으로 볼 것 같아 더 말을 붙여야겠다. 이래서 너를 만나게 한 기회가 대단한 건 아니었다. 늘 꼭 다시 보고 싶었는데, 이제 제법 커서 결혼도 했을 텐데 하며 이런 너를 한번이라도 보게 해달라고, 내 희망이라면 이거 하나였다고, 이것을 하늘에서 들어줬으니 대단하다고, 기적 같다고 말하지 않을 수 있겠니. 네가 나를 제대로 본 그 희망의 눈빛은 바로 이거였다. 근데 끔찍하다니…… 아무렴 그냥 스쳤을 뿐이고 나만 좋아했던 일이지만 나는 내 희망을 채웠으니 참으로 기뻤다.

나는 수원에서 남원으로 가는 기차를 기다리며 그날이, 우리가 우연히 만난 그날이 만우절이라는 걸 알았다. 일 년 중 하루 거짓말을 해도 되는 날이라는데…….

등을 보이고 네가 떠나자 바로 전철이 출발하고 있을 때 등마저 보이지 않는 너에게 '행복해라' 하며 또 다른 희망을 품었다. 눈물이 났다. 희망 하나가 이뤄졌으니 또 다른 희망 하나쯤 가져도 되는 날이 하필 만우절이라니. 하루 늦춰 내일 만나서 그 희망을 품어야 했는데, 하며 얼마나 애를 태웠는지. 거짓말을 해도 되는 날의 희망이

거짓이 되면 어쩌지? 단순한 나는 하도 입에 달고 살다 보니 달달 외우고 있는 덴동어미의 말을 속으로 웅얼거리며 고개를 젓고 또 저었더랬다. 수원역에서.

두견새가 펄쩍 날아
내 어깨에 앉아 우네
임의 넋이 분명하다
에고 탐탐 반가워라
살아살아 돌아왔네
넋이라도 반가워라
근 오십 년 이곳에서
임 오기를 기다렸다
어찌할꼬 어찌할꼬
새야 새야 우지 마라
새 보기도 부끄러워
내 팔자 맘에 새겼다면
새 보기도 부끄럽잖지
저 새와 같이 자웅 되어
천만년이나 살아볼걸

69

넌, 내게 이런 꼬마였고 이런 동생이었고 이런 딸이었다.

68

아들이 두 손을 내미는데 앞이 뿌옇게 흐려져서 처음엔 그 작은 손바닥에 무엇이 얹혀 있는지 몰랐다. 아들이 오른손바닥으로 쓸어 내 눈물을 닦아줬다. 볼 수도 없는 눈으로 어떻게 알았을까? 흐느 끼는 소리로 들었던 것일까? 그 소리마저 들리지 않게 숨기고 싶었 는데. 그제야 보였다. 백 원과 오백 원짜리 동전들과 천 원짜리 지 폐 두 장, 그리고 오천 원짜리도 한 장. 한 시간 사이에.

"팔천 구백 원이야, 엄마."

대견한 셋째의 이름은 장군이다. 성은 조이니 조장군이다. 네게 이런 장군이를 소개하고 싶었는데…… 장군처럼 어른이 되라고 했 던 건지, 남자들이 모여 두는 장기의 그 장군과 같이 살라 해서 지 은 건지 나는 모른다. 장군이가 이름도 생기기 전에 열 달 품어 낳 은 아들과 강제로 헤어졌어야 했으니까.

"엄마, 장군이가 오늘도 해냈지요? 돈 빼앗는 다른 형이 오늘은 없었어요."

고향 갈 차비 정도는 있었기에 우리 모자는 장군이가 오늘도 해낸 그 돈으로 수원역 앞에서 자장면과 짬뽕을 시켜 나눠 먹었다. 우리 행색을 보고 돈부터 내놓으라며 특별 대접을 하는 중국집 식당 주인에게 장군이가 돈을 내밀며 둘 다 곱빼기라고 했다.

이런 내아들이니 네게 더 보여주고 싶었다. 완행기차를 타고 아들과 나란히 앉아 고향역에 도착했다.

67

아들과 동행하는 기차 안에서 내내 너와의 여행을 왜 떠올려야 했는지 모르겠다. 인연이란 참으로 묘하고 질겨서 일주일에 한 번 둘 다 홀딱 벗고 함께 목욕하고, 매일 밤 이불 속에서 딱 달라붙어 잤던 인연은 인연 중에서도 특별했던 게다. 이런 인연이거늘. 넌 이 인연을 내쳐 버려놓고 나를 떠올린 적이 없었다 하니, 같은 것도 입장에 따라 달리 받아들이려는 것이 인간의 본능인지 재능 때문이겠지.

남원역에 도착해 플랫폼을 따라 걷는 동안 장군이는 내 손을 더 꼭 쥐고 따라붙었다.

"엄마, 어디로 가는 거야?"

처음 행선지를 물었다. 내가 일곱 살 때쯤 엄마와 걸었던 나란한 기찻길. 그때와 많이 달라지긴 했지만 두 줄 나란히 이어진 변치 않은 기찻길 플랫폼 위를 이제 아들과 나란히 걷고 있다. 너와 전철에서 헤어진 후 말을 확 줄인 탓인지 그걸 느끼고 장군이가 불안해했는지도 모른다. 더 꼭 쥔 손. 나도 엄마손을 장군이처럼 꼭 쥐었을 것이다.

"사내놈은 뭘 시켜도 쓸 데라도 있지."

내가 들은 아버지의 마지막 목소리이다. 내겐 적어도 위로 오빠 한 분이, 그리고 아래로 남동생이 있었다. 나만 엄마손을 쥐고 남원역을 향해 걸었다. 남원역 앞, 큰 유리문 안은 모두 빨간등이었고 간간이 안쪽으로 파란등이 보였다. 그런 등을 켠 유리방들이 길을 따라 줄지어 있었고 그 유리문 앞이나 안쪽에 여자들이 앉아 있었다. 문 밖에도 젊은 여자들이 서 있었고, 담배냄새도 났다.

"학생이에요."

여자에게 팔을 붙들렸던 학생이라는 교복 입은 남자가 여자의 팔을 뿌리치며 이 말을 하고 달아났다. 그 학생의 등 뒤에 대고 길 위의 다른 여자가 소리쳤다.

"학생은 그게 안 달렸냐? 학생에게 딱 맞는 거 있으니까 생각나면 언제라도 와아〜〜〜!"

학생이 사라졌는데도 그 여자는 뭐가 아쉬웠는지 꺼낸 담배에 불을 붙였다.

"온다니깐. 오게 돼 있다니깐. 그까짓 달린 사내놈들이란 다 똑같아."

한참 후에야 알았다. 아마 미자네 그 '선데이서울'로 처음 알지 않았을까. 너도 즐겨 읽던 그 '선데이서울' 말이다. 너와 나, 같은 나이쯤에 같은 걸 알았어도 넌 종이 위의 잡지로 보았고, 난 거리에서 직접 보고 들었다. 사진이나 만화 따위로는 전혀 표현 못할, 빨간등이 켜진 그 분위기를 절대 잊을 수 없었다.

나는 그 길을 엄마와 걸었다. 남원역사를 벗어나면 아들과 걸을지도 모를 그 길, 아직 훤한 대낮이었지만 그래서 더 아들과는 그 길을 걷고 싶지 않았다.

사십 년이 지나도 기억나는 고향이름, 자라마을. 지나가는 아주머니에게 묻자 고개를 젓더니 기다리란다. 아주머니가 들어간 작은 구멍가게에서 할아버지가 나왔다.

"자라마을이 몇 군데 있는데 신작로에서 작은 개울을 건넙디까? 거기서도 한참을 걸어 들어가야 하는데, 거긴."

할아버지 말에 기억이 더 살아난다. 개울에는 다리가 없어 고무신을 벗고 건너야 했지만 나는 엄마등에 업혀 건넜었다. 그 개울이 맞을진 모르지만 개울을 건넜느냐는 말에 너무 반가워 고개를 끄덕였다. 역 앞에서 바로 가는 버스가 하루에 한 번 있는데, 오늘은 없을 거라고 했다. 그 사이 버스도 생길 만큼 고향도 바뀌었다. 바뀌었단 사실에 덜컹 겁이 났지만 얼마나 걸리냐고 물었다.

"걸어서?"

우리를 위아래로 훑었다. 장군이가 이런 것을 보지 못하니 다행이란 생각을 많이 한다. 걷는 게 낫겠다 싶었는지 자세히 알려주는데 장군이를 다시 쳐다보며 족히 세 시간은 넘게 걸리겠다 한다.

"걸을까, 우리?"

장군이가 더 좋아했다.

"응. 엄마랑이면 어디든 다 좋아요."

"길을 잃으면 초촌리 오촌마을을 물으시오. 츳츳. 이젠 자라마을 이라고는 안 쓰거든. 츳츳."

할아버지는 더러운 냄새나는 우리에게 친절했다. 잠깐 기다리라더니 가게로 들어갔다 바로 나와서는 장군이 손에 뭔가 쥐어줬다.

"가다가 엄마랑 까서 하나씩 마시거라. 츳츳츳."

딱 장군이 주먹 만한 요구르트 두 개였다.

장군이가 할아버지가 알려준 길을 귀로 더듬으며 당당하게 내 손을 이끌고 앞장선다.

"엄마, 엄마고향 간다더니 지금 가는 거지요?"

알려주고 싶지 않았다. 마음의 결정을 내리고 가는 길이라 모르는 게 나을 것 같아서였다. 때론 모르는 게.

66

 네 인생의 첫 사람을 그렇게 외면하다니, 나와의 인연을 귀찮고 하찮게 여겼던 거겠지.

 '더 이상 우리 집에 살지 않았던 수많은 사람들의 이름들은 하나 같이 미자·경자·미경·영자 그리고…… 봉순이어야만 했던가?'

 고향집으로 걷고 있던 그때 장군이는 열세 살이었다. 1987년에 태어났지. 장군이 아버지한테서 이유도 모르고 쫓겨난 나는 또 갈 데가 없어 너희집을 자연스럽게 떠올렸다. 내 마음엔 어머니의 집 이니까. 내 나이 그때 서른일곱 즈음 되었을 것이다. 너랑 우연히 1호선 전철에서 마주 앉았을 때 네 나이도 그쯤이지 않았을까. 하지 만 더는 갈 수 없는 집, 아파트 붐이 일고 아파트가 삶의 척도가 되 어가는 세상으로 변해가는 걸 내가 알 턱이 없었지. 워낙 세상일엔 둔한 사람이 나였으니까. 아파트란 말을 처음 들었을 때 난 그게 아픈 사람이 사는 곳인 줄 알았었거든. 큰 병원같이도 생겼고. 너희가 아파트로 이사했을 때 전화번호도 바뀌었지만 어찌어찌해서 찾아간 집이 나를 반겨주질 않았다. 집이겠니? 사람이었지. 놀라는 너의 어머니, 그때 네 언니가 문을 따줬는데 굳게 닫힌 그 아파트 회색철문 뒤에서 이런 소리가 들리더라.

"엄마, 어떻게 해. 없다고 할까? 집을 잘못 찾아오신 것 같다고 할까? 어떻게 엄마."

문을 열어보지도 않고 문밖에 있는 나를 어떻게 알아냈는지 참으로 신기하기만 했다. 난 아직도 이런 게 무척이나 궁금하다. 내 능력으론 절대 풀 수 없는 것이기에. 다행인지 불행인지 내 삶에서 번번이 이런 게 헷갈린다. 다행과 불행…… 문은 열렸고 내겐 여전히 어머니인 아줌마의 한마디.

"어떻게 알고 감히 여길."

감히…… 내가 아무리 둔해도 이 말을 언제 쓰는지는 안다. 내가 잘못 올 데를 왔구나, 하고 돌아서려는데 시원한 물 한 잔 마시고 가란다. 시원한 물. 냉장고에서 꺼내온 물은 정말 시원했다. 사는 게 달라지니 사람도 달라져야 할진 모르지만 난 내 꼬라지를 먼저 생각했다. 이젠 어울리지 않아. 아현동 산동네에 살 때까지가 그나마 좀 내게 맞았을 뿐이야.

아현동 산동네에선 주인이나 식모나 뭐 사는 게 고만고만 별반 다를 게 없었지. 하지만 이제 그 시절은 사라져버렸다. 높은 아파트를 우러러보면서 그 안에 사는 사람들 또한 우러러보고, 그로 인해 거기 사는 사람들이 우쭐해진다는 게 요상한 일이지만, 그런 거구나 하고 돌아서야 했다. '감히 어떻게 여길?' 그동안 어떻게 살았느냐고 물어봐야 하는 게 아닐까. 찾아온 걸 기특하게 여겨야 맞지 싶은데 말이다. 물이라도 시원해 하염없이 마실 듯해 보였던지 아줌마가 '한 잔 더 줄까?' 하는데, 이젠 더 오지 못할 곳이란 생각이 들었다.

아파트를 돌아나와 무작정 걷다 보니 큰 대로에서 젊은이와 경찰들이 싸움질을 하고 있더라. 모든 걸 잃어버린 자의 눈엔 그렇게 보였으니 이런 무식한 표현을 이해해주렴. 눈이 따가웠다. 경찰들이 무언가를 던지고 쏘아대고, 이에 학생들은 고작 돌을 던지는데 눈은 왜 따가운 건지 그 이유를 몰랐단다. 나는 경찰에 붙들려 그 젊은이들과 함께 파출소에 끌려갔고, 학생들에게선 그 매캐하고 눈을 뜰 수 없게 하는 냄새가 진동했다. 경찰이 젊은이들에겐 발길질에 몽둥이질을 해대면서 나에겐 처음 두어 번 그러더니 말았다. 대접받는 기분이랄까. 그런데도 기분이 왜 그리 지저분하고 지랄같이 나빴는지 모르겠다. 그리고 이 한마디로 나는 자유의 몸이 되었다.

나만 풀려났다.

"저 거지여자 내보내. 재수 없을라니까 별 게 다 끼어드네. 세상
이 완전 뒤죽박죽…… 이게 민주나라야?"

경찰이지 누구겠니. 나는 땀범벅에 눈물인지 콧물인지 줄줄 흘러
내리고 거기에 마른기침까지 해댔지. 아무튼 심한 독감을 앓는 것
같은 젊은이들보다 대접을 잘 받고 파출소에서 나왔다. 그때 젊은
경찰이 내 등에다 대고 이러더구만.

"저년은 공짜 콩밥 얻어 먹으려고 민주환지 운동환지 운동하네."

그리곤 경찰이면 해선 안 될 말을 하더구나. 나를 얕본 거지.
'쌍……!' 욕이지 뭐겠니. 욕은 좋다 치고 왜 재수없단 얘기를 경찰
은 다들 입에 달고 사는지, 그건 내가 할 말 아니니? 그냥 걸어가던
사람을 잡아끌고 간 게 누군데, 재수는 누가 없는 건데, 세상이 바
뀌어도 참으로 요상하게 바뀌었단 생각이 내 이 머리로도 들었다.
겹겹이 상자 쌓아둔 것 같은 아파트도 그렇고, 그게 좋다고 다들
그리로 옮겨가면서 무슨 자랑이라도 되는 듯이 우쭐해하는 것도
그렇고. 나중에 알았는데 그 젊은이들이 연세대 학생들이었다더
라. 너도 그 학교 앞에서 눈물 질질 흘리게 하는 거 맡으면서 있
었는지 모르겠다. 너희집을 나올 때 아줌마가 싸준 김치빈대떡과
두유 하나를 꺼내 먹은 건 파출소에서 한참 걷다 닿은 한강 강둑

에서였다.

먹는데 참 고마웠다. 아직 먹는 인심은 변하지 않았다는 게 기뻤고 그것도 빈대떡은 그대로니. 내가 있었으면 내가 지졌을 빈대떡, 누가 부쳤는지 모르지만 맛있었다. 남이 해주는 빈대떡을 먹기도 처음이었다. 눈물이 났고 오전에 헤어진 아들이 또 가슴 사무치도록 보고 싶었다. 지금, 자라마을로 나를 이끌고 있는 눈 먼 아들, 장군이었다.

"젖 한 모금 더 물리고 갈게유."

엄마가 사정사정을 해야 했다.

"왜 이렇게 짜증나게 굴어. 젖은 우유면 되고, 어서 가지 못하겠어? 더 맞아야 정신을 차리겠어? 응?"

남편은 나를 개 쫓듯 몽둥이로 몰아냈다. 동네사람들은 츳츳 혀를 찰 뿐 구경만 했다.

"어찌 사람에게 소젖을 먹인다고 허유. 젖이 나오지 않는다면야 모를까 이렇게 철철 흘러내리는디."

난 속이 터지는데 구경꾼들은 웃어댔다.

몽둥이에 쫓겨 마을 입구 구멍가게에서 빈 플라스틱 병을 얻어 그 안에 내 젖을 짜넣었다.

"난 갈 테니 걱정허지 마시구유 이걸 꼭 내 새끼에게 먹여유."

"내 새끼? 이년이 아직 덜 맞았나. 입은 살아갖고."

맞아가며 남편 손에 쥐어준 내 젖은 바로 땅바닥에 내팽개쳐졌고 우악스런 그의 발에 짓이겨지고 말았다. 찢긴 플라스틱병 틈으로 튀어오르는 내 젖, 그땐 이름도 없던 장군이가 먹어야할 것이 땅 위로 흐르고 있었다. 텔레비전 광고에서였던가 우유한 방울이 떨어지면 임금들이 쓴다는 왕관처럼 멋지게도 튀어오르던데, 내 것은 그러질 못했다. 나는 그걸 보며 사람젖과 소젖은 그럼 다르지 했다. 멋지게 보이는 건 소젖일 뿐이라는 걸 난 아주 잘 알고 있었다. 사람 것은 그렇게 멋지지 않아도 되는 거니까. 우유젖은 팔아먹어도 사람젖을 어찌…….

밤이 이슥하게 깊어질 무렵 젊은이들이 강가로 모여들었다. 신촌에서 보고 파출소에서 봤던 그 또래 젊은이들이었다.

"우리가 해내고 말 거야."

그들은 들고 온 병을 따서 병나발을 불며 돌려 마셨다. 누군가나를 보고 다가와서는 "아주머니도 한 잔 드실래요?" 하고 권했다. 진작에 마신 두유는 이미 소변이 되었을 테니 목도 마르고 더 못 볼 아들을 생각하니 가슴이 미어지고 타들어갔다. 냉큼 받아마시니 입술이 더 타고 머리가 핑 돌았다. 소주였다. 마셔서는 안되는 것 하면서도 한 잔 더 달라고 하니 새 병을 따줬다. 내 몸에서 냄새가 엄청 났을 텐데도 그 젊은이가 내 어깨를 감싸더니 이랬다.

"이제 아주머님도 더 좋은 세상에서 사시게 될 거예요. 고생 많으셨지요?"

외양으로 다들 평가를 하니 나에 대해 뭘 안다고? 또 한 잔을 주는데 기쁘다가도 슬픔이 몰려왔다. '더 좋은 세상'이라니. 어떤 세상? 방금 잃은 아들을 다시 만날 수 있는 세상? 불쑥 희망이 솟구쳤다. 그리고 팔 년 만에 장군이를 다시 만나 고향땅을 향해 함께 가고 있다. 내 아들의 손에 이끌려서. '더 좋은 세상' 그 젊은이가 맞췄구나…… 내 팔자를 알아맞췄구나…….

지난 일도 기막히고
이 앞일도 가련하다
건널수록 물도 깊고
넘을수록 산도 높다

덴동어미가 딱 이럴 때 나타나 자신의 넋두리를 들려줬다. 내 팔자에 하다가 다시 꿈꿔보는 그 희망. 나야 희망이라면 단 한 가지, 내 아들을 만나는 것이었다.

"꼭 전에 와본 길처럼 잘도 가네 그려."

"아까 그 할아버님이 알려주셨잖아요. 그리고 엄마가 옆에 있잖아요. 이제 곧 길모퉁이가 나올 것 같아요. 모퉁이에 찐빵집이 있다는데 엄마가 알려주세요. 거기서 왼쪽으로 꺾어 돌아가야 한다고 하셨거든요."

우리는 빵집을 그냥 지나치지 못하고 멈춰섰다. 장애인이라고 깎아줘서 남은 기찻삯으로 찐빵 두 개를 사먹으며 또 걸었다. 보지도 못하면서도 장군이는 무슨 말을 할 때마다 나를 쳐다본다.

"엄마, 맛있지요? 내가 더 벌어서 많이 많이 사드릴게요."

고향 가는 길엔 그렇게 희망이 깔려 있다.

다리에 도착했다. 전엔 없던 다리가 생겼고, 그 밑으로 엄마등에 업혀 건넜던 개울이 흐르고 있다. 오동교라고 다리 입구에 세운 시멘트돌에 새겨져 있었다.

"다리가 있지만 엄마등에 업혀 볼껴? 장군아?"

장군이는 무슨 말을 하든 엄마를 꼭 앞이나 뒤에 붙였고 나도 절로 장군이를 꼭 붙여 말한다. 아들이름, 그 짧은 말이 가슴을 얼마나 편하게 해주는지. 장군이도 그런가 보다. 엄마 엄마, 얼마나 부르고 싶었던 이름이었을까. 부르지 못하는 어머니, 너희 어머니한테 그러고 싶은 적이 참 많았더랬다. 그래서 찾아가고 또 찾아갈 수 있었던 거지. 그게 엄마지 않겠니. 엄마 잃은 사람은 더 그렇지 않겠니.

여귀풀을 재끼며 다리 밑으로 내려가 개울물에 발을 담갔다. 이제 엄마가 되어 아들을 등에 업고 거슬러 건너는 개울물. 다시 오는 데는 사십 년이 걸렸다.

65

덴동이를 들쳐 업고

내 고향으로 돌아오니

이전 강산 그대로나

인간 건물 다 변했네

우리집은 터만 남아

쑥대밭이 되었구나

아는 이는 하나 없고

낯선 모르는 이뿐이로다

그늘진 은행나무

그 모습 그대로

날 기다리고 있건마는

64

사람들은 참 모질고 못되기까지 하다.

집에 불이 나 온몸을 데인 아이라고 해서 덴둥이라니. 평생 그 업보를 안고 살라는, 두 번 죽이는 일이 아니고 무엇인가. 이에 비하면 장군이는 다행이지 않을 수 없다. 먼둥이란 이름으로 내 아들이 불릴 수도 있었으니까 그 생각을 하기만 해도 발끝까지 온몸에 소름이 돋는다. 나무도 먼나무라는 게 있다. 나무에는 사람 같은 눈이 없을 테고 앞을 볼 일도 없을 터이니 먼나무는 인간이 못된 마음으로 모질게 지은 이름 같지는 않다. 그 나무가 오동교 다리 너머 있던 자리 그대로 서 있다. 40년, 그 자리 그대로. 변했다면 더 굵어진 듯도 하다.

복숭아뼈만치 잠기는 얕은 개울을 아들을 업고 건넌다.

"괜찮아요. 나도 걸어서 강을 건너갈 수 있어요. 엄마."

"그럼. 물론 건너갈 수 있제, 장군인. 근디 엄마등이 싫은 거여?"

아들도 내 냄새가 싫은 건가.

"아니에요, 너무 좋아요. 따뜻하고 푹신하고 너무너무 좋지요."

"근디 왜?"

"엄마가 힘드니까요. 여태 걸어왔는데 나까지 업고 물을 건너려면 더 힘들 거잖아요."

장군이 말을 들으면서 덴동이네가 고향으로 가서 보니 집은 쑥대밭이 돼버렸다는 얘기가 떠올랐다. 오늘밤 아들을 쑥대밭에서 재울 순 없는데…… 물을 건너는 게 힘든 게 아니라 이게 걱정이 됐다. 두 손을 깍지 끼우고 장군이 엉덩이를 바짝 당겨올려 업는다.

"내 아들이 등에 업히니 엄마 등에서 화산이 폭발하듯 혀. 힘이 솟구친다는 거여."

장군이가 내 목을 더 꼭 잡아 껴안으며 볼을 댄다.

"화산이라고요? 뜨거워서 엄마도 나도 다 타죽겠어요. 엄마등은요, 화산이 아니라 보름달이에요. 둥근 보름달요. 따뜻함으로 밝혀주는 보름달요."

눈을 다치기 전을 기억하는 것일까. 가끔 본 듯이 얘기하는 경우가 많다. 얼마나 더 아플까.

"너나 나나 왜 계집으로 태어나서 이 지경이라니. 우리가 결정하고 나온 것도 아닌디 말이여."

사십 년 전 이 개울을 건너며 어머니 볼에 내 볼을 대니 어머니가 이랬다.

"난 오빠보다 더 일도 잘하고 더 많이 하는데. 어머니는 아버지보다 더 일을 많이 혀구여. 밭일 허구 들어와서도 밤늦게까지 부엌일이며 내일 마당에 널 시래기도 삶고 그랬잖어여. 아버지는 방에서 쉬어도요."

"엄마 목을 더 바짝 잡아야겄다. 가운데로 오니 더 깊어지니 말여."

어머니 목을 뒤에서 두 팔로 꽉 잡자 내 엉덩이를 받친 어머니의 두 손이 치마를 말아 잡고 치켜올렸다.

"샅에 차가운 물이 닿으니껜 쪼께 지리는구만. 내친 김에…… 어라, 저놈 보게. 꼴에 수캐라고 다리 들고 누는 것 좀 보세."

건너편 둑에 강아지 한 마리가 가는 나무에 뒷발 하나를 옆으로 치켜들고 일을 보고 있었다.

"이놈아. 물속에서도 그 잘난 다리 들고 해볼 테냐?"

먼나무 아래 큰 넙적바위도 부러 갖다놓은 듯했다. 그 전엔 없고 나무만 덩그러니 서 있었다.

"이제 내가 엄마를 업어드리고 싶어요."

"다음에 혀. 돌아나올 때 꼭. 엄마도 아들등에 업히고 싶은께."

넙적바위에 털썩 주저앉아 곧 닿을 고향집 쪽을 바라본다. 하얀 소창요처럼 누워 자도 될 만큼 길은 고르고 넓어졌다. 전엔 풀과 갈대가 많아 작대기로 헤쳐내야만 앞으로 걸을 수 있었고 아주 좁았더랬다. 좀 넓어졌다 싶으면 물웅덩이가 가로막았고 제멋대로 생긴 뾰족한 돌들이 여기저기 불쑥 튀어나와 발을 잡았다. 발에 채이는 그 돌들을 피하며 혼잣말로 어머니는 중얼거렸다.

'생긴 대로 사는 게 아니라 다 생긴 이유가 있을 터잉께.'

나를 돌아보며 어머니가 이랬다.

"어델 가더라도 저 돌들처럼 꿋꿋해야 허는 거여, 알제? 저 돌들이 못났다고 땅속으로 숨어들디? 고개 바짝 치켜세우고 있는 것 같제? 당당허잖여? 너도 그래야 쓴다, 알제?"

그것이 나 혼자 남겨질 거란 말일 줄이야. 이튿날 서울 창경원에서 어머니를 잃어버린 후에야 나는 엉엉 울면서 그 말뜻을 짐작했다.

"장군아, 여긴 장군이 고향이란다. 엄마 고향이니께 당연히 우리 장군이 고향이기도 허겄제? 고향은 말여. 못난 사람 잘난 사람 구별 않고 다 푸근허게 받아주는 곳이니 여기서부터 장군이 세상잉 겨. 누구 세상?"

"장군이 세상요. 장군이."

여기 혼자 두고 가버린다는 말이 아닐까 의심할 것 같아 황급히 한마디를 덧붙인다.

"엄마는 고향이고 고향땅이고 고향흙인게 장군이가 이 땅에서 쌀도 심고 콩도 심고 팥도 심고 허야제? 엄마가 늘 땅처럼 떠나지 않고 장군이랑 백 년두 천 년두 오래오래 살꺼지께."

"예, 만 년두 천만 년두요. 엄마랑요. 엄마랑, 오래오래."

63

기억이 생생하다. 이래서 고향이라 하는 건가. 아마 왼쪽 언덕의 큰 나루를 지나 돌면 마을이 보일 것이다. 보여야 한다.

"엄마하고 내기 하나 할껴?"

"무슨 내긴데요? 해야죠. 엄마랑인데 물론요. 아들이라고 봐주기 없고 엄마라고 봐주지 않을 거예요. 내기니까요."

"그려 뭐. 조기 낭구 보이제? 저 낭구 지나면 반듯하던 길이 휘어지제? 휘어진 그 너머로 아직 보이는 게 없지? 뭐가 보일 것 같어?"

"낭구요? 아, 나무요. 이게 내기예요? 엄마는 다 아는…… 엄마는 언제 이 길을 지나갔어요? 내가 손해보는 것 같지만 뭐 좋아요. 으음, 논이 보일 거 같아요. 지금 오는 길도 다 논이었으니까요. 아참. 내기니깐 지는 사람이 뭘 낼 건지는 미리 정해야지요, 엄마."

"그렇구먼. 우리 장군이가 아주아주 똑똑허네. 진다는 말 대신 엄

마가 이기면 장군일 엄마가 업어주고 장군이가 이기면 엄마가 업어
주기, 어뗘?"

"가만히 계셔보세요. 머리가 복잡해져요. 엄마가 이기는데 왜 엄
마가 나를 업어주지요? 반대여야 하잖아요."

"내기 할껴, 안 할껴?"

장군이가 고개를 끄덕이면서도 의아한 눈빛으로 나를 보고 있는
것 같다.

"요상한 내기도 다 있어요. 고향에는 이런 건가요?"

"어쩌문. 장군이는 하날 일러주면 열 개 백 개를 안다니껜."

이 말을 하는데 또 네가 생각났다. 다섯 살 참으로 영특했던 너
를. 널 생각한 건 우리 장군이도 너만치 만이라도 똑똑하면 하는 엄
마의 바람이겠지. 이런 것도 바라면 안 되는 건가?

"엄마, 뭘 생각을 그렇게 많이 하세요. 아들을 꼭 이기고 싶으
세요?"

"으음, 그려. 그럼, 이번 한 번만은 엄마가 이기고 다음 번부턴 다
장군이가 이기면 되겠네 똑똑혀니까. 그럼, 내가 맞춰볼라니께 들
어보기나 혀. 저길 꺾으면 말여, 저길 꺾어 지나면 말여."

이 말을 하는데, 마을이 나올 거라 말하려고 하는데 왜 입이 떨어
지질 않는 걸까. 갑자기 울렁거리며 울컥 가슴이 미어진다. 감격인

지 불안인지 모를 감정에 휩싸여 앞이 아찔하기도 하다. 내가 돌아왔다. 내 발로 찾아왔고 아들도 같이 왔다. 사십 년 만이다. 곧 부모님을 만날 터인데…… 부모님을 만날 터인데…….

"엄마, 곧 나무에 다다르겠어요. 왜 그래요? 엄마 울어요?"

"울긴."

나오려는 울음을 누르며 감격인지 불안인지 티를 벗겨낸다.

"마을 집들이 나올껴. 우리 동네 우리집이 보일 것잉께 두고 봐."

그랬다. 꺾이자마자 기억대로다. 오순도순 모여 앉은 낮은 집들이 보였다. 그땐 다 초가집이었는데 하나도 없던 붉은 벽돌집도 보이고, 지붕에 다 기와를 얹었다. 또 변한 집들로 불안하다. 아는 사람이 없다면. 어머니는? 불쑥 잘못 왔단 생각도 들었다. 내게 무슨 고향이 있었다고. 마을은 옛날 그대로 같은데 낯선 집들로 더 울컥하고 만다. 장군이에게 절대 눈물은 안 보일 거라고 했던 다짐이 떠올라 그나마 참아내고 있다.

"엄마가 이겼어요? 내가 이겼어요?"

"그려그려. 엄마가 처음이자 마지막으로 아들을 이겨보는구먼."

나는 땅에 가슴이 닿도록 바짝 엎드렸다. 나오려는 눈물도 피하고 싶었고, 내기에서 이겼으니 장군이를 업어줘야 했고.

"어서 업히지 않고 내 아들 뭐한다냐? 시방 엄마가 내기에 이긴 것 보고도 그려?"

장군이가 주춤거리긴 했지만 이내 등에 또 업힌다. 슬레이트 지붕에 하얀 판넬벽의 첫 집을 지나는데 고향이 참 낯설다. 이 집은 나랑 동갑내기였던 숙경이네였고 다음 집은 현숙이 언니네가 나올 것이다. 장군이가 등을 타고 기어올라 고양이마냥 내 볼에 제 볼을 비빈다.

"엄마등이 젖었어요. 아까도 업고 지금도 업으니까 땀이 났잖아요. 이제부터 내가 업어드릴게요. 엄마집까지요."

엄마집? 엄마집? 아들을 내려놓지 못하고 엄마집, 엄마집 하며 속으로 계속 웅얼거린다. 있어야 한다고, 어머니가 계셔야 한다고. 다시 쫓겨나더라도 계셔야 한다고 엄마집, 엄마집 한다. 또 참은 눈물이 등을 적시고 있다.

62

　너는 희망에 대해 썼더구나. 그리고 오만·자만·달관에 대해서도 썼더구나. 어떻게 가진 사람들은 못 가진 사람에 대해서 이렇게 함부로 말할 수 있는 건지. 많이 배워서? 더 많이 아니까? 그래서 더 잘났기에? 오만·자만·달관은 못 가진 자들의 몫은 아닌 듯하다. 오히려 남을, 그것도 여러모로 모자란 이들을 허락도 없이 재단해버리는 그 습성은 도대체 어디서 부여받은 권리인지…… 내가 가진 뻔뻔함(너의 표현에 의하면. 난 뻔뻔함에서 추호도 부끄러운 짓은 안 했는데도 불구하고)과 가진 자들의 뻔뻔함을 비교하게 했다. 그래, 희망을 가졌다면 희망이 없기에 가졌을 텐데 그것을 품은 사람은 전혀 고려치 않은 타인의 운운.

　너희 집으로 다시 돌아가 아이와 함께 머슴처럼 너희 집안일을 봐주는 게 네겐 희망으로 보일지 모르지만, 이 무식한 나도 희망이란 말은 그런 데 쓰는 것이 아니라는 것 정도는 안다. 그건 아마도 절망이지 않을까. 남의 절망에 맘대로 희망이란 옷을 입히다니…… 그래, 맞다. 절망을 토해내며 너희 집에 있게 해달라고 아줌니에게 부탁했을 때 네가 보았다는 오만·자만을 내 어찌 보일 수 있었을까. 앞뒤 말이 무척이나 헷갈리지 않을 수 없다. 달관에 대해선 인정을 좀 한다 해도 그건 정확히 말하면 달관이 아니라 포기겠지. 달관과 포기 사이.

아무튼 절망마저 거절당했을 때 내가 취할 수 있는 유일한 표정이라곤 막막해서 드러낼 수밖에 없었을 담담함일 텐데, 그것이 그렇게도 오만하게 보였고 자만처럼 보였고, 달관의 지경으로까지 보였다는 게 내 머리로는 도저히 이해도 용납도 되지 않았다. 다시 말한다만 막막한데 무엇 하나 어쩔 수 있었겠니. 담담한 게 아니라 덤덤했던 거다. 아니, 덤덤한 척이라도 했던 거지. 가지지 못한 자도 나름대로 자존감은 있을 테니까. 아무 생각없이 나를 따라왔다는 너에게 무지 감사한다. 비록 동정일지라도 나에게 가진 측은지심이 었을 테니. 너에게 전재산이나 다름없는 10원 동전을 줄 수 있었던 것도 아무 생각이 없었기에 가능했을 것이다. 이것이 덤덤에서 담담으로 넘어가는 경지가 아닐까. 앞을 내다보고 계산도 할 수 없을 만큼 암담한데도 우리가 함께 했던 육 년, 그것이 소중했기에 아무 생각없이도 따라오고 아무 생각없이도 동전을 주지 않았을까.

막내딸을 학비 비싼 사립초등학교에 보낸 아줌니는 절대 희망이 될 수 없는 나의 절망을 외면했다. 아파트 융자금도 내야 했다니깐.

불만이라고 생각할지 몰라 토를 단다. 그냥 아쉬움이라고, 아쉬움이었다고 받아주면 좋겠다. 너에게 그렇게 봐달라고 부탁하는 아쉬움은 내게는 곧 안타까움이다. 같은 일이라도 이렇게 달라질 수 있는 건 놓인 처지와 입장이 다르기 때문일 것이다. 아쉬움은 배려이고 안타까움은 배신일 수도 있겠지. 아쉬움은 여유로운 자들의 짧으면 짧을수록 좋은 도둑숨이고, 안타까움은 삶이 모진 자들의 내리쉬는 큰숨이며 탄식이리라. 이렇게 말하는 순간 초연한 달관일 수도 있겠단 생각을 잠깐 한다.

내가 태어난 옛집이 있을 곳으로 향하면서 희망보다는 절망을 앞세워야 하는 내 처지나 입장이 그때를 떠올리게 한다. 어머니에게 또 다시 쫓겨나면 어쩌나, 아버지의 매질을 이 나이에도 당할까. 더구나 아들 앞에서. 고향이니 당연히 계실 부모님을 사십 년 만에 보러 가는데도 이런 마음으로 위축되는 것은 옛날 일들이 옭아매는 불안이 겹치고 겹쳐 굳힌 위협이며 그 전의 일들이 쌓이고 쌓여 축적된 공포이며 한이리라. 그래서 한없이 행복할 네가 그리도 부러운 게다. 그랬다. 너에 대한, 네가 가진 것에 대한 그 부러움이 내겐 희망이었다. 부러움이라도 갖는 것이 희망인 것을 너는 아는지. 부러움마저 끊어낸 너의 어머니, 부러움을 곁에서라도 보고 싶은 마음을 지워버린 너의 어머니를 불만 하나 없이 고마움만 남기고 돌아섰던 그때 먹먹해하던 그 어줍은 내 행동. 지금 고향집 앞에서 또 이러고 있다. 팔자라고.

'장군아. 장군이가 앞을 보지 못해서, 그렇지 않았다면 절대 볼 수 없을 장군이를 만나서 이 엄마는 얼마나 고맙고 감사한지 모른다.'

차마 입을 열지 못하고 가슴에 담는 말이지만, 곁에 있다는 건 바로 이런 위안이고 위로인 것이다. 내 등에 제 가슴을 바싹 매달고 따라오는 아들에게 내 가슴에서 하는 말을 차마 밖으로 내놓지 못하는 어미의 갈기갈기 찢기는 이 심정을 어루만져주며 그래도 위안을 하고 위로해준다. 곁에 있어준다는 것만으로도. 그 위안과 위로에 감사하다.

희망할 수 없는 삶에서도 감사한 게 있으니 이것도 희망이라면 희망일 수 있겠다. 이루어지길 바라는 마음만이 희망은 아닐 것이다. 이루어지지 않는 희망이라도 안고 고향마을로 씩씩한 두 발을 앞으로 쭉쭉 뻗으며 아들 손을 잡고 들어간다.

"점심이나 해먹고 가지."

나와 눈도 맞추지 않으려 하면서도, 나와의 악연을 더는 절대 이어갈 수 없다던 아줌니의 매정한 모습과는 전혀 다른 이 말이 그후 많이 생각났다. 그런 밥은 동냥이나 동정, 적선도 아닌 액땜 같은 것이었다. 동짓날 팥죽 끓여 집안 구석구석 뿌려두는 귀신이나 먹을 그런 것이었고, 내게 먹고 가란 밥은 그 중에서도 변소에 뿌리는 검붉은 팥죽, 바로 그거였다. 귀신이 가장 무서워한다는 그 붉은색의 팥죽, 그것은 쫓아내는 거였고 다신 오지 말라는 신호였다는 걸 내가 모를까. 나는 네게 그것이라도 했으니까, 할 만큼 했으니까. 뭐 이런 것.

고향 동네에 누군가 나를 알아보는 이 있어 또 그런 액땜밥을 고향에서마저 얻어먹고 나와야 하는 건 아닐까, 하는 생각이 또 발을 멈추게 한다. 등에서 내린 아들이 앞으로 돌아와 볼 수도 없는 두 눈을 내 얼굴로 향해 치켜올린다.

"엄마, 고향이란 데는 어떻게 생겼어요?"

이 말을 듣고 서글픈 생각을 더 이어갈 순 없었다. 장군이에게 웃어보였고 장군이도 따라 웃는 게 보인다. 가슴에 평생 두고 사는 게 고향이 아닐까. 그래서 타향에서도 언젠가는 돌아가고 싶고 돌아가야 할 곳, 그곳이 고향 아닐까. 비록 나를 버린 고향일지라도.

"고향이 어떻게 생겼냐면 말이여. 딱 잘라 말하면……."

하며 장군이를 두 팔로 끌어안았다. 그리고 두 손으로 장군이의 가슴을 어루만졌다.

"장군이 가슴처럼 생겼지. 고향은 말여 장군이 가슴처럼, 여기 봐봐."

가슴을 쓰다듬는다.

"따뜻하고 넓은 이런 언덕이 있고…… 아믄 그렇고 말고. 따뜻하고 넓은 언덕이 가슴처럼 어서 오라고 받아주는 품인겨. 장군이가 이젠 이 고향의 품으로 힘차게 들어가볼껴? 가자잉, 어서 가자잉."

이런 희망도 가져볼 수 없는 것인가. 내가 앞서려는데 이미 장군이가 한 발짝 더 빨리 나서며 앞지른다. 그때 사내 꼬마아이가 달려왔다. 아이는 우리 뒤로 돌아서더니 다시 앞으로 나서며 막는다. 그리곤 다른 아이들을 부른다.

"거진가 봐. 어서 와 봐, 얘들아."

동네 꼬마들은 다 모인 것 같았다. 머리를 두 갈래로 곱게 땋은 여자아이가 장군이에게 바싹 다가와 붙더니 위아래로 쳐다본다.

"너, 눈이 왜 그래?"

남의 가슴을 짓이기고 찢어대는 말을 어린 아이들도 거리낌 없이 해댄다. 왜 그래? 걱정이고 염려면 좋겠다. 아니, 이도 싫다. 동정 따위. 그냥 그저 남들처럼 봐주지. 키가 크고 작고 마르고 뚱뚱하고 얼굴이 검고 희고…… 그게 무슨 대수람? '밥이나 해먹고 가지', 이 말과 다르지 않게 들려온다. 장군이가 뒷걸음질을 쳐서 치마로 감긴 내 허벅지를 꼭 안는다.

"괜찮여, 장군아. 이 애들은 다 우리 장군이 친군게. 그쟈?"

친구? 친구? 우리가 쟤 친구래. 합창인지 제창하듯 일제히 함성이다.

"맞제? 야들이 우리 장군이 보고 모두 친구, 친구라 하제? 장군이도 인사혀야제?"

이것이 뻔뻔한 걸까? 꼭 힘을 준 아들의 긴장이 내 허벅지에서 풀리는 게 느껴진다.

"고향에 온 거야. 우리 엄마 고향이니까 내 고향이기도 하지. 너희들도 여기가 고향이니?"

장군이가 손을 쭉 뻗어 내미는데 참으로 늠름한 장군다웠다. 더러워, 싫어, 뭐야?…… 이런 말 속에서도 하나쯤은 다른 소리가 들려온다. 그래? 뒤에 있던 한 애가 앞으로 나오더니 장군이의 손을 잡는다.

"고향에 온 거라고? 그래, 축하해."

동시에 장군이는 옆으로 쓰러지고 말았다. 녀석이 잡은 장군이 손을 앞으로 잡아 끌며 발로는 딴지를 걸어 넘어뜨렸다. 하하하하하하…… 또 노을이 지기 시작하는 고향마을 하늘 위로 일제히 함성이 퍼진다. 장군이에게 달려들어 일으켜 세우지 않았다. 장군이는 이미 내 마음보다 빨랐다.

"엄마, 괜찮아요. 한두 번 겪어본 것도 아닌데요. 나를 처음 봐서 이런 걸 거예요. 좀 지나면…… 그치?"

아들 앞에서 울지 않겠다고 다지고 다졌던 다짐이 한 번에 깨지고 만다. 볼 수 없으니 얼마나 다행인가. 울음을 섞지 않으려고 애쓰며 장군이 손을 잡았다. 말은 그렇게 해도 열세 살 아이의 손은 부들부들 떨고 있었다.

"그러믄 그러믄. 괜찮고 말고. 어여 앞서 가자잉, 장군아."

징그럽게 지겹도록 내게 따라붙은 서러움까지 왜 대를 잇게 한단 말인가. 누가 어째서 어떻게 우리에게 이럴 수 있단 말인가. 우리가 뭘 잘못했다고. 우리가 뭘 그들을 해쳤다고 이러는 건가.

"장군아. 고향은 집까지 가야 고향이제? 쫌 남았응게 쫌 더 건 자잉."

장군이는 기차에서 내려 나를 이끌듯이, 마치 태어나 자란 고향이듯 나보다 앞서 걸어왔다. 그렇게 또 앞서간다. 뒷모습을 보고 있자니 흐뭇해진다. 흐뭇하니 더 뭉클해지지만 이제 정말 울지 말자, 울 일 없다 하며 반 발짝 뒤에 붙어 아들을 따라간다. 아이들도 따라오고, 마치 무슨 퍼레이드라도 하는 것같이. 그래 환영식이야. 내 마음이 반긴다. 궂은 일을, 앞으로 닥칠 궂을 일도 반겨야 한다.

"장군아, 우리가 꽃이 됐어야. 쟤들은 나비고 말여."

"예? 아 예! 그래요 엄마!"

어머니는 나를 떼놓으면서 이랬다.

"어델 가든 저 돌처럼 꿋꿋해야 하는 거여. 저 돌들을 봐라. 저렇게 울퉁불퉁 생겨먹었어도 고개를 바짝 치켜들고 지 땅이라고 주장 안 혀냐. 하물며 넌 사람인디. 당당혀야 혀. 알제?"

어머니는 놓치지 않으려는 내 손을 풀고 있었고, 나는 나를 이끌고 있는 아들의 손을 더 꼭 잡아야 한다.

눈 앞에 몇 군데 굴뚝에서 연기가 피어오르고 있다. 팔을 들어 곧게 뻗은 듯한 굴뚝이며 살랑살랑 춤추듯 솟아오르는 굴뚝연기가 우리를 반겨준다. 그런 것이다. 그래야 하는 것이다. 위아래 입술을 모아 꾹 눌러 문다.

"장군아, 냄새 맡은겨? 밥을 짓는 것 같은디. 굴뚝에서 연기가 모락모락 예쁘게도 하늘로 올라가는디 보이제, 장군이 눈에도?"

"모락모락? 예. 그럼요. 모락모락 예쁜 하얀 연기가 하늘로 둥실둥실 올라가는 게 잘 보여요, 엄마."

60

정도 한이 눌렀나. 무엇이 그리도 불안했던가. 부모생각은 고향보다 나중이요 고향집보다 뒤로 미루니, 부모님이 고향만도 고향집만도 못하단 말인가. 설마 이제 늙어 오십인데 설마 내쫓을까마는 그 부모가 여전하다면 오십도 다섯 살로 볼 것이었다. 고진비래(苦盡悲來) 오십 년에 흥진감래(興盡甘來)를 감히 기대할까만은, 그래도 세월은 지났고 남원역도 변하고 오는 길도 변하고 마을 지붕도 변했는데 부모라고 변하지 않았을까. 내쫓을 때 부모보다 더 늙어 찾아온 딸을 더 어쩌겠는가. 몽둥이 들 힘도 없을 테고 버릴 힘인들 남았을까. 살아계신 것만으로도, 고향에서 다시 볼 수만 있는 것만으로도 감복이요 감은이라. 그땐 없던 붉은 벽돌로 변했단 이유만으로도 기쁘다. 낯설더라도 기쁘다. 붉은 벽돌집은 마을회관이었다. 그 앞에 사람들이 모여 있었다.

"뉘신가?"

59

팔순은 더 됐음직한 어르신이 묻는다. 남이 묻는 걸 내가 내게도 묻는다. 나는 누군가 도대체. 물어본 적이 한 번이나 있었던가. 그저 그냥…… 떠오르니 내 팔자요 같은 팔자 덴동어미라.

지난 일을 생각하고
갈까 말까 망설이니
마지 못해 허락하여
그 집으로 인도하네

마지못해 인도하는 대로 살아왔을 뿐 그 사이에 무슨 거짓이 있고 속임이 있었겠나. 넌 누구냐? 자문하니 궁상은 변함없고 변했다면 더 먹은 나이로다. 내가 당신을, 당신이 나를 알아보지 못함도 변해버리게 한 세월이리라. 누구신가? 내가 그 어르신을 자세히 들여다보며 기억을 짜내본다. 떠날 때 사십이었으면 사십 년이 지나도 얼굴 어딘가엔 그 옛날 기억의 흔적은 남았을 터. 일곱이 오십된 얼굴과 사십이 팔십 된 건 차이가 있을 터였다. 알아봐야 하는 건 내 쪽이어야 했다. 고향은 내가 떠날 때의 모습 그대로를 고스란히 품고 있었다. 그렇다, 그 분이 아닐까, 짐작으로 더듬는다. 산동댁? 구례산동댁?

"너무 오래 돼나서유. 제 기억이 맞는간 모르겠는디, 저, 산동댁 아주머님 아닌가유? 남원 산동댁 말구유 구례, 저 우물 위 언덕 끝 오른편 둘째집에 사시던……."

고향에는 마을 한가운데 우물이 있었다. 자라가 파들어간 자리에 샘이 솟아 사백 년 전 물이 귀한 낮은 산자락에 사람이 모이고 마을도 생겨났다. 그래서 자라마을. 내 기억이 맞는다면 그 우물이 있어야 하고 그 옆으로 언덕이 있고 가팔라지기 시작하는 곳에 집이 서너 채 있어야 한다. 기억이 맞는다면.

"야가 나를 아는갚네. 딱 기억하는구만. 내가 구례산동댁이여. 구산동댁이제. 남원 산동댁도 있었제. 것도 아는겨? 그럼 자네는?"

고향에 대한 기억은 아무리 오래되었어도 바뀌지 않은 채 기특하게도 내게 남겨져 있었다. 비록 어린 일곱 살이지만 고향은 잊을 수 없게 하는 마술이요 떨쳐낼 수 없어 기억하게 하는 마법이었다.

"제가 잘 찾아왔구만유. 저는 아줌니집 옆에 옆집에 살던……."

'봉순이에요'라고 하려다가 이내 멈추고 말았다. 고향엔 봉순이는 없었다. 알 리가 없다.

"아, 긍께 그럼 당신이, 자네가 곡성댁의?"

어디 보자, 하고 다른 어르신들까지 달려든다. 내 얼굴을 잡아눌러 목덜미의 헝크러진 머리카락을 제끼고 고개를 가린 옷깃마저 우악스럽게 훑어내린다.

"맞네 맞아. 이 큰 점이 그대로 있구면. 그니께 니가 여섯인가 일곱에, 요만할 적에 말이어. 서울 창경원에…… 에구, 그래도 사람 목숨이라고 살아있었네. 어째 이런 일도 다 있다냐."

나도 못 본 목덜미 점까지 기억해주는 할머니. 그래도 고향인데 하고 무작정 아들 손잡고 떠나왔지만 긴가민가, 정말이지 갈까말까 주저하고 망설이기를 얼마나 했던가. 죽기 전에 한 번은, 아들과 꼭 한 번만이라도, 하며 찾아오길 잘 했다. 잘 했다. 이럴 땐 아들 앞이라도 울어도 될 것 같아 흐르는 눈물을 내버려둔다. 슬퍼 우는 눈물이 아니요, 서러워 우는 눈물도 아니요, 억울해서 나온 눈물은 더욱 아니다. 감격, 그렇다. 가슴이 확 뜨거워지는 그 감격이 눈물을 만들어내니 눈물도 따라 뜨겁다. 하지만 곧, 행색도 보이고 냄새도 났나 보다.

"근디 꼴이 어쩌자고 그 모양이란다냐."

"에구 냄시. 뭘 쏟은거? 시궁창이 몸에 짝 붙었는디?"

할아버지 어르신이 나선다.

"따순 물 나오는 집이 누구네여? 가서 좀 씻기고 뭣 좀 먹여야지 않겄어? 저 꼴에 먹기라도 제대로 했겄나. 그뒤 찬찬히 보고 묻고 허믄 되지. 안 그려?"

"그려. 고향이라고 이나저나 다 받아주는감. 일단은 어서 옷부터 갈아입히소. 코가 썩은내로 곪아 터지게 생겼네. 참말로."

아무도 나서려고 하지 않는다. 따뜻한 물이 나오는 집이 이 시골에도 생겨난 걸 보면 고향도 전보단 살기 좋아진 것 같다. 아파트로 사는 데를 옮기면 사람도 바뀌듯이…… 누가 우리 모자를 들여 제 집을 더럽히려 하겠나.

"우물이 아직 있지유? 자라우물 말여유. 내 아들과 그 맛있는 물에 가서 씻을라유. 설마 우물마저 없애구 꼬마사내 달린 수도꼭지를 단 건 아니겄지유?"

일부러 우스개라도 해야 했다.

누군가 동네아이들을 집으로 다 데려가라 했고 구례산동댁이 우리를 우물로 안내했다. 그 우물은 우리를 반겼다.

"아직은 차가울 텐디 괜찮겄냐? 어줍지만 우리집 목간에서 할라

믄 따라오구."

"아녀유. 됐어유. 여기가 좋아유. 고마워유. 어디 아프신 데 없으신 거지유?"

어머니의 소식을 듣고 싶었다.

"우리 어머닌 안 보이던디 어델루 가셨는감유? 오빠도 있었구 동생도 하나 있었는디."

산동댁이 우선 씻고 나서 얘기하자 한다.

"그래유. 잘 찾아왔응께 뭐 서두를 건 없지유. 고마워유."

"뭐가 그리 자꾸 고맙다고 헌다냐, 참말로."

장군이부터 옷을 다 벗긴다.

"차가우면 얘기혀. 엄마가 꼭 안아줄 거니께. 안 추울껴."

"안 추워요. 너무 기분 좋아요, 엄마. 그리고 고향은 따뜻한 거라고 했잖아요, 엄마가요."

"그치, 그랬지. 맞아. 엄마가 깜빡 잊었구만. 고향은 따뜻한겨. 따뜻해야 하는 거여."

아래 치마를 가슴 위로 올리고는 속엣것만 벗었다가 그 치마마저도 벗는다.

"내가 지금 일곱 살잉께."

"예? 엄마가 지금 일곱 살이라고요?"

"그렇다니껜. 엄마가 여기서 빨가벗고 동네친구랑 매일매일 씻고 물장구도 쳤응께. 그때가 일곱 살이였제, 일곱 살."

"아, 그래서요. 엄마가 나보다 어린 거네요. 내 동생이에요. 동생 갖고 싶었는데……."

"그리 되는 거여? 뭐 좋지. 장군이 동생 되는 것도 영광이제 영광. 근디 동생 갖고 싶어야?"

그때 장군이가 물도 묻히지 않았는데 차갑다고 한다.

"그려. 어서 와라. 에구 내 새끼."

"내 오빠가 아니구요?"

내 품에 안겨서는 장군이가 한참을 웃다가 나를 더 꼭 안으며 훌쩍거린다.

"엄마가 나는 없는 줄 알았어요."

여보시오 그 말 마소
이삼십에 못 둔 자식
사오십에 아들 낳아
덕 봤단 말 못 들었네

덴동어미가 그랬던가.

때 되기 전 꽃피던가
때를 만나야 꽃도 피고
고운 꽃이 피고 나면
귀한 열매 또 열리네

주인댁이 그랬던가. 품안에 안겨 울먹이는 아들의 짧은 한마디가
눈물도 나게 하고 웃음도 짓게 한다.

"엄마가 어째 없는겨. 여기 있잖여. 지금 있으면 되지? 인자

지금."

젖을 빨려는 듯 내 젖에 파묻히는데 땅에 버려진 내 허연 젖이 떠올랐다. 내가 네게 죄인이다. 엄마가 되어 젖을 물리지 못했으니 엄마라고도 할 수 없는 죄인인데 그래도 넌 내게 엄마, 엄마 하는구나.

"참으로 미안하구먼, 내 아들에게."

"뭐가요? 왜 미안해요 엄마가?"

"응, 그렇게 있어."

이젠 절대 놓치지 않을 것잉게……. 이 말은 더 꾸욱, 가슴에 묻는다. 아들과 함께 목욕을 하다 보니 나도 덴동어미를 불쑥 흉내 내고 싶어진다.

"들어볼껴? 이 우물이 어째서 생겨났는지 들어볼껴?"

천년만년 풀만 무성
사람 들 일 하나 없고
마을 설 일 더더 없다
개울 멀리 후미진 곳
관목들만 빼곡하니
사람발길 더 막았네
사백년 전 척동 노인
도망치는 소를 쫓아
달려오니 이곳이네
놓쳐버린 소꽁무니
돌아오길 기다리며
숨이 차서 한숨이요
소 잃어서 한숨이네
달렸으니 목은 타고
잃은 소로 애가 타고
마실 물은 한 점 없고
그늘 찾아 깊이 드니

언덕 아래 해그림자
앉은 김에 드러누워
쳐다보니 하늘이라
구름 없는 파란 하늘
야속하기 그지 없네
해지기 전 돌아오게
네가 가면 어딜 가나
너를 챙겨 여물 줄 이
나 말고 또 있겠느냐
장난이면 더 숨어있고
숨바꼭질 나는 술래
내가 쉴 곳 네가 널 곳
뙤약볕에 그늘일세
그늘일랑 여기 한 곳
도로 찾아 올 처질세
쉰 김에 눈을 감고
잠이라도 청하려니
음메 하고 네 놈 소리
뭐라 했냐 도로 올 걸
내빼기는 젠장할 것
어서 와라 같이 쉬자
잠시잠깐 헤어진 뒤
다시 만나 더 반갑다
어슬어슬 다가오니
네 놈 뒤엔 무엇인고

솥뚜껑 왜 달고 오나
도망친 게 미안허냐
자세하게 바라보니
솥뚜껑이 움직인다
발 달린 솥뚜껑이
여물박만 하더니만
가까이 다가오니
네 발 달린 솥뚜껑일세
도망친 게 아니구나
늙어늙어 힘 못 쓰는
네 주인을 알아보고
힘내라고 끌고 오나
오늘 저녁 걱정인데
자라탕에 배 터지네
너 덕분에 호강한다
자라몸은 내 것이요
자라국물 너 먹어라
달려들어 잡으려니
날쌔기가 토끼 같다
그래 봐야 거북사촌
어찌 됐든 저녁상에
엎어질 몸 힘은 왜 빼
작대기로 내리쳐도
빤질빤질 제 등처럼
피하기를 잘 만한다

아쉽기는 네 목숨도
우리 인간 달 바 없지
어느 목숨 하찮겠나
헤아리기 잠깐 사이
더듬더듬 내빼는데
언덕 아래 그늘 찾네
너도 덥고 나도 덥다
보는 소도 덥긴 마찬가지
이제 그만 포기하고
기분좋게 봉헌하면
너도 좋고 나도 좋고
얼씨구나 둘 다 좋다
때가 됐다 때가 왔다
이 한 방이 마지막돼
맞고 설래 그저 설래
망설일 줄 알았더니
가던 길을 재촉하네
너라고 자존심 없겠냐만
참을 인을 다했으니
이쯤에서 끝내고자
둘 팔 벌린 몸을 던져
잡아채니 빈손이라
거북입네 얕보고서
토끼인 양 젠 체했네
거북 무시 허세였고

토끼자랑 허망하네
몸을 숨긴 바위 틈새
작대기로 쑤셔보고
실수해서 쑤셔보고
홧김에도 쑤셔보고
포기없다 쑤셔보고
이래저래 쑤셔보고
눈으로도 쑤셔대네
네가 가면 어디 가냐
숨바꼭질 그만하고
술래라도 바꿔 보자
쑤셔대고 들쑤셔도
자라놈은 뵈지 않고
자라똥콩 잔돌들만
하염없이 쏟아진다
땅을 치고 후회해도
오만방자 엎어진 물
이렇게는 못 물러나네
두 팔 걷어 손삽으로
네 몸 숨긴 바위 틈을
파고 파고 또 파내네
어느 놈이 이기는지
오늘 내로 결판내자
자라 놓쳐 동네 망신
듣기 전에 너를 내 꼭

용을 쓰니 땀이 줄줄
땀만 빼고 허탈할제
바위들이 무너지고
그 틈새로 물흐른다
요놈이 놀래서는
지오줌을 지리는군
그럼그럼 별 수 있나
기어든 제 발로 다시
나올 때가 되었겠다
의기양양 의기충천
해내고야 말았구나
비록 늙어 힘 없어도
아직 할 일 남았으니
힘을 얻어 더 용을 쓰네
파내고 더 파내니
자라오줌 쇠오줌 돼
콸콸콸콸 쏟아지니
봇물 터진 저수지라
물에 빠진 생쥐됐네
내 꼴 보고 소가 웃고
뒷걸음쳐 피해 보니
끝도 없이 물이 솟네
두 손 모아 한 바가지
삼켜대니 맛도 좋다
웃는 네 놈 너도 먹게
물맛 한 번 끝내준다.

"근디 말여, 이 물이 일년 내내 솟고 물이 늘 한결같았다는구만. 비가 많이 와도, 비가 적게 와도 언제나 넉넉하지도 부족하지도 않게 딱 쓸 만큼만 흘러나왔디야. 사백 년 내내 한 번도 마른 적이 없었다지. 마르지 않는 샘물인겨. 그래서 우물을 팠다는 거여. 개울 안쪽 물이 귀한 동네에 개울물보다 훨씬 맑고 맛좋은 물이 마를 날 없이 나옹께 어쩌겠어. 사람들이 하나둘씩 모여들고 결국 집 짓고 살다 보니 마을이 들어선거제. 오백 가구나 됐다던가?"

"엄마, 그래서 자라마을이라 했나봐요."

"그렇지, 그렇지. 하날 가르치면 둘셋을 아니 장군이는 이름을 천재로 바꿔야 하겠는디? 그려 그려 뭐 이름이 대단한 건 아닝께. 물 좋은 데 인심 나고 인심 나니 부자마을이 됐다는 옛날 같은 이야기, 이 마을의 전설 따라 삼천리라. 여기가 어데?"

"엄마 고향요. 아, 내 고향이기도 하구요."

"만족스런 아들이여 장군인. 물 시원허지?"

"예. 차가울 정도로요."

"차가워? 일루 엄마한테 또 앵겨와."

"예. 근데요 엄마. 정말 물맛도 아주 좋아요. 내가 마신 물 중에 최고랑께요."

"야가야가 고향 왔다고 벌써 고향말을 익힌 거여? 기특도 혀라."

눈만 멀쩡하다면…… 부질없는 생각은 불쑥 든다.

56

"아직 다 안 씻은겨? 수건 없제? 있을 리 있나. 여기 걸어놨으니 이걸루 닦고 어서 나와."

"고향에 몸 씻으러 왔남유. 허니 수건일랑 없을 수밖에유. 이제 시작이구만유."

장난이 치고 싶은 건 왜일까. 일곱 살이 돼서?

"뭐? 여태 뭐허구? 목간을 참으로 오랜만에 허는갚네. 참말 때가 얼매나 많간디 여태꺼지 꼼지럭거린다냐. 대충혀."

"씻을 때두 있구 벗길 때두 있구, 맞출 때두 있구 어길 때두 있구 앵길 때두 있는 거지유. 때가 몸때만 있는감유?"

"뭔소리 하고 있는 거여? 어서 대충허니 씻고 나와. 저녁은 먹어야 할 거 아녀?"

장군이가 눈을 번쩍 뜰 듯 웃어보인다. 심청이는 효심으로 아버지 눈을 뜨게 했고 나는 웃겨서 아들 눈을 떠줄 수 있다면, 웃겨서…… 하도 웃다 보면 눈 못 뜰 일 있을까?

"때가 어겨요? 맞추는 때도 있구요? 엉길 때는 뭐예요? 엄마가 정말 웃겨요. 너무 재밌어요, 엄마."

"우리 장군이가 웃으니께 더 웃겨야겠네. 오빠허구 목간하고 있응께 기다려유, 산동댁 아줌니."

화들짝 놀란 구례산동댁 목소리가 우물 안에 울려퍼진다.

"오빠라니? 지금? 아까 오빠 못 봤는디. 다 큰 오빠하구 빨개벗고…… 아이구, 남새스러워라. 얼릉 허구 나와. 흉하게 뭐여?"

"예. 열세 살 오빠허구유."

장군이가 그제야 알아들었는지 깔깔깔 웃어댄다. 저러다가 눈을 확. 희망이 아니라 그래 보는 것이다. 그래 보는 것만으로도 잠깐은 희망을 채울 수 있으니까.

"일곱 살 여동생허구 목욕하고 있당께유."

장군이 말한다. 웃음은 농담으로도 전이된다.

"그려그려. 웃을 땐 한정없이 웃어재끼는겨. 웃는데 절대 침 못 뱉지, 못 뱉어."

저렇게 앞으론 웃는 날만 계속되면 좋겠다. 장군이를 만나고 변한 건 바로 나 같은 사람도 더 많이 웃게 된 거다. 속으로 그랬다.

'다 때가 있다는 말이 맞긴 헌가 보네.'

아마 너와 같이 갔던 목욕탕에서 봤을 거야. 까칠까칠한 이태리 타월에 써 있었던 글인데, 사십 년이 지난 이제야 그 장난끼 어린 글을 써먹는다. 아들 앞이니.

입 밖으로 뱉어내면 또 앗아갈지 몰라 입술을 깨물듯 딱 붙이며 '다 때가 있다' 는 말을 한번 믿어본다.

"엄마가 어따 났더라? 이 좁은 곳에 숨겨질 데가 없는디. 장군이 옷은 보이는디 요상허네, 참. 밖에다 벗어놓고 왔을 린 없고, 참. 구산동댁이 냄새 난다고 갖고 갔나? 그럼 말을 혀야지."

"자라가 물어갔을까요?"

"아들아, 엄말 놀리는겨? 엄마 시방 심각허거든."

"아니에요. 근처에 나뭇꾼이 있나봐요."

"야가야가, 참말루 뭔 나뭇꾼 같은 소리 헌다냐? 여기 선녀 있간디?"

"있지요. 당연 있지요."

"어데? 우리 둘 말고 또 목간 하는 여자 있다구?"

"엄마옷 분명히 훔쳐간 나뭇꾼이 있어. 난 봤당께요."

"야가 참시로 엄말 일케 놀린다냐. 장군이가 숨긴겨? 장군이라면 나뭇꾼…… 아녀 아녀. 절대 나무 허지 말여. 힘등게."

"선녀 맞고요, 나뭇꾼도 봤어요. 정말요."

"산동댁 아줌마가 찾겄다. 아까도 닭달이던디. 어여, 이잔 장난 그만허구 어여."

"내가 찾아봤는데 엄마옷 없어요. 아까 엄마 등뒤로 검은 손이 쓰 윽 들어와서는 설라무네, 쓰윽……."

"야가, 시방."

너 말고는 그 무서운 이야기를 들려준 사람은 없는데, 장군이에 게도 들려주지 않았는데 어찌 알았을까. 설라무네?

"설라무네? 그게 뭔 소리랑가?"

"설라무네 쓰윽…… 그냥 쓰윽이 아니고요. 엄마의 그 설라무네 쓰윽."

들려준 적이 있었나?

"엄마의 설라무네?"

"예. 엄마설라무네요."

잠든 줄 알고도 들려준 이야기. 눈을 감았으니 잠든 줄만 알고 들 려줬었는데, 눈은 감았어도 깨어 있었던 게다.

"그러믄 엄마가 선녀랑겨? 에구 망측혀라."

"엄마는 선녀 위의 대빵 선녀지요."

"그래, 그려. 장군이에겐 그렇제. 그럼 장군이가 가져간거?"

"아뇨. 설라무네 쓰윽…… 가져갔다니까요."

"장군아, 엄마 무섭게 왜 그런다냐."

다섯 살 어린 네가 그렇게 좋아하고 무서워 벌벌 떨며 내 가슴속으로 파고드니, 배운 것 하나 없고 소설 같은 건 한 번도 읽어보지 않은 나였지만 술술술 이야기가 쏟아져 나왔었지. 네가 그렇게 좋아하니 저절로 말이다. 네가 좋으면 나도 좋았던 그때가 천국이었지, 내겐.

이젠 장군이가 나를 천국으로 이끄는구나. 쓰윽 설라무네라니.

나에게도 이런 날이 다시 오고 있다. 그 옷은 말이다. 잃어버린, 검은 손이 쓰윽 훔쳐갔다는 냄새 풀풀 나는 옷 말이다. 넌 건너편에 앉아서도 내 냄새를 맡은 건지 그렇게 썼더구나. '아무도 옆에 앉지 않을…… 옆의 저 남자가 피곤하고 술에 취하지 않았다면…… 전철에서 남들이 다 피했다'고. 그럼 나를 줄곧 봤단 얘기네. 아무튼 지금 얘긴 옷이니…….

그 지독히도 냄새나는 옷이 내 팔자를 완전 바꿀 수 있다고 넌 절대 믿지 않겠지. 나도 믿지 못했다. 나를 선녀로 보는 놈팽이가 이 세상에 있었다는 것을 넌 믿겠니? 네가 그 눈빛, 버리지 못하는 희망의 그 눈빛이라고 했던, 끔찍하다고도 했던 그 희망의 눈빛…….

아무리 절망이라 해도 그렇게 허무하게 희망을 앗아가진 않는다. 사람이 그 희망을 짓밟고 앗아갈진 모르지만 절망은 그런 짓 안 한다. 희망을 주기 위해 절망이 미리 와 있는 거라는 것, 넌 아니? 희망은 희망하지 않는 것에서도, 그니까 절망에서도 올 수 있다는 걸 이젠 얘기할 차례가 오고 있는 듯하다. '다 때가 있다' 너와 같이 아현동 대중목욕탕에서 봤을 이태리타월의 그 까칠한 느낌이 때를 벗겨줘 기분 좋았던 것처럼 마음을 즐겁게 해준다. '다 때가 있다' 그때는 나에게도 있었다.

아무튼 이제부터 도래할 그때에 대해 이야기할 차례다. 절대 지어낸 꾸민 얘기가 아니다. 봉순이 언니를 봉순이가 직접 쓰고 있으니 진짜 맞지 않겠니? 나는 이리 궁상맞게 살긴 했어도 거짓말은 한 번도 한 적 없다. 있다면 네가 좋아해서 매일 밤 네게 들려준 무서운 이야기뿐이다.

54

　배운 것 하나 없는, 엄연히 부모가 있으나 그들로부터 버림받고 고아보다 더 형편없는 신세로 오십 년을 살아온 내가 얘기한다.

　"그래도 추락이란 말을 그리 함부로 쓰면 안 된다."라고.

　늙는다고 추락하는 것도 아니요 돈 없다고 추락하는 것도 아니며, 더욱이 힘 없다고 하여 추락하는 게 아니다. 남에 대한 짐작은 다 그 자신의 기준으로, 결국 남을 무시하고 경시하는 데에서 비롯된 것이다. 그나마 그래도 사람으로 태어났는데…… 사람이 희망이 아니라 살아있음을 느낄 수 있는 게 희망인 것이니 살아있는 한 절망은 없는 것이다. 그래도 사는 이유가 바로 이것이다. '어쩔 수 없'이라도 사는 이유를 끔찍한 희망으로 보는 그 눈이, 그 생각이 사치스럽다 하지 않을 수 없다. 사치는 또 다른 치장이며 포장이다. 어쩜 2백 년 전 여자이니 나보다 더 무식했을 덴동어미는 사치란 것 없이, 치장하는 일도 없이 이렇게 말했다.

　　노년에 돌아온 고향의 봄
　　까치가 희소식 알리는 봄
　　온 우주 모두가 봄
　　온갖 꽃이 만발한 봄
　　좋을시고 봄 춘자

　그 봄은 말이다, 누구에게나 똑같이 오는 것이다. 봄에 귀천이며 고저가 있다더냐. 그저 봄이다. 그럭저럭 맞이하는 봄이고 어쩔 수 없이도 맞는 봄이며 반겨서도 맞이하고 어느새 가버린 뒤 맞을 수도 있는 게 봄인 거다.

　누구나 노래할 자격이 있는 바로 이것,

　"봄봄봄봄 봄이 왔어요." 인 거다. 삶이 그렇고 사람이 있으니 어찌 살든 희망이란 게 있는 것이다. 살아있으니까. 그래서 살아야만 하는 것, 함부로 제 목숨이라고 어찌하지 못하는 이유인 것이다. 철학이라고 한다지? 난 그런 고상한 단어 모른다. 덴동어미가 들려주고 자연스럽게 깨우쳤을 뿐이다. 삶에서 말이다. 살면서 말이다.

　내 아들 장군이를 생각할 때마다 드는 생각이다. 장군이가 눈에 이상이 없었다면 내게 다시 올 수가, 우리가 다시 만날 수가 있었을까. 장군이도 나도 우리 모자가 만난 것을 얼마나 고맙고 감사해하는지 모른다. 장군이가 봉사가 되어서 고맙다고, 감사하다고 하는 말로 들리진 않을 것이다.

만나고 싶은 것, 희망일진데 이렇게 어처구니없게도 희망은 이뤄지는 것이다. 장군이의 이 한마디, '엄마가 없는 줄 알았어요.' 이건 엄마를 찾았단 얘기지 않겠니. 장군이 역시 돈도 없고 옷도 추리하고 냄새나 나는 이런 엄마를 보고 싫다 하긴커녕 그저 좋다고 한다. 엄마가 곁에 있는 것만으로도 좋다고 한다. 이런 모자라는 엄마를 위해 동냥하는 일도 기쁘다고 한다. 희망과 욕심이 다른 이유, 희망과 욕심을 혼동하고 헷갈려 쓰는 것은 매사 그대로를 보지 않고 포장하는 사치를 마치 고품격인 양 여기며 남과 구별 지으려는 사람들의 착오며 착각같아 보인다. 내 눈엔 그렇게 보인다.

53

장군이와 고향에 도착한 때는 다행히도, 늦지 않게 시작하는 봄이다.

· 52

봄이 더 기쁜 건 왠지, 많이 배운 네가 더 잘 알겠다. 이제 나한테도 겨울은 지나가고 있었다. 그 시작은 장군이가 내 곁으로 돌아올 때부터였다. 꿈에라도 보고 싶던, 내 희망이 이뤄진 뒤부터였다. 봉사며 벙어리며, 이건 아쉬움이란 또 다른 욕심일 뿐이다. 우리 모자가 만난 것만으로도. 너랑 전철에서 우연히 만나게 한 것에 내가 큰 의미를 갖는 것과 같다. 근데, 겨울엄동만 맞고 사는 사람은 봄도 없이 내내 겨울에서 벗어나지 못할 듯이 글을 썼더구나. 그게 아니라는 걸 보여주게 되어 참말이지 기쁘다.

자랑? 아니고. 비난? 더욱 아니다. 나는 천성이 그 따위 것들과는 멀리하고 살아왔다. 자연스러운 것, 흘러가는 대로 놔둔 삶이 희망이 되어준 건…… 나는 전혀 느끼지 못했는데 한참 후 목사님의 말씀을 듣고 고개를 조금 끄덕이긴 했다. 많이도 아니고 조금 *끄덕*

거렸다.

"남을 속이지 않고 남을 해치지 않고 요령부리지 않고 남들보다 성실하게 살아오셨기에 지금이 있는 것입니다. 그냥 오는 건 하나도 없습니다."

51

그냥 오진 않는다. 거저 주진 않는다.

내 옷은 어디로 갔고 뭘 입고 나간단 말인가. 벗은 몸이 살갗마저 벗겨진 듯 창피하고 수치스럽다.

"엄마, 검은 손이 쓰윽 또 들어오는데요."

"뭐여? 어디?"

가슴만이라도 가리고 몸을 뒤로 돌렸다. 검은 손은 보이지 않는다. 옷이 놓여 있는데 떨어져서 봐도 내 옷이 아니다.

'어떻게 안겨?'

장군이에게 또 묻지 않는다. 두 눈을 잃은 대신 귀 두 개를 더 돌려주신 게 분명하다. 밖에서 사람소리가 난다.

"으으으으……. 지…… 지……. 여……엉."

검은 손이 쓰윽 들어왔단 얘기보다 허리춤한 높이의 담 너머로 들려오는 저 소리가 더 겁나고 무서웠다.

"오늘 따라 네가 왜 이러는지 모르겠네. 늙은 애미 옷은 왜 찾고…… 으으으만 하더니 지지지……는 뭐여 또? 내가 무신 죄를 졌다고. 제발 좀 그만혀라 혀. 저녁 먹었응께 어서 들어가서 자기나 혀. 내일 목사님이 오신다 혔지 않여? 일본색시 사진 갖고 오신다 잖여. 어서 가서 좋은 꿈이나 꾸란 말이지 무신 지지지는. 어여 가, 어여."

이번엔 할머니 목소리다.

"으으으으……. 지……지지…… 여……. 어엉……."

누가 옷을 갖다놨고 쓰윽 검은 손의 주인이 누군지는 밝혀졌다. 보이진 않지만 담 너머의 어느 남정네. 말을 못하는 건지…… 이건 확실해 보인다.

"엄마, 맞지요? 내가?"

"그려. 신통방통 내 장군이라니께. 어째? 아니…… 일단 옷부터 챙겨입고 보자잉."

"예. 엄마."

전혀 알지도 못하는 남의 옷을 주섬주섬 입는데 문득 이런 생각이 든다. 말 못한다고 사냥을 하지 못하란 법은 없다. 근데 색시는 뭐고, 그 색시가 일본여잔가 본데 사진은 왜 목사님이 갖고 온다는 건지 도무지 알 수 없는 말들 뿐이다. 이내 고개를 저어댔다.

"그렇제. 잠을 자야 꿈을 꾸는 건 맞제."

혼자 하는 말을 장군이가 들었다.

"엄마, 오늘밤 우린 고향에서 자겠네요."

잘 데도 모르는데…… 걱정하느라 대답을 바로 못한다. 야물딱스런 입을 하고 장군이가 중얼거린다.

"고향에서 첫 밤인데 나도 좋은 꿈꿀 거야."

"다시 지지고 튀기긴 했지만 처음만친 못하구만. 그래도 남겨둔 건 다 제 임자가 있응께 그랬나 보네. 먹을 복이 있구먼."

진달래 화전이며 아카시아 튀김이라 했다.

"서울에선 먹어보지 못해 봤을껴. 서울엔 먹을 께 많응께 이런 건 해먹지 않으려 허겠지."

콩기름에 튀겼다는데도 그 연하디연한 아카시아 흰꽃이 보인다. 밀가룬지 엷게 두른 아카시아꽃은 숨은 듯 수줍게, 마치 모시치마를 입힌 듯 곱게 쟁반에 가지런히 놓았다. 먹기보다는 모양새로 얹는 고명 같다. 하나를 집어 장군이 입에 대준다. 찐빵 외에는 먹은 게 없어 배고팠을 장군이가 입 벌려 덥석 받아먹을 줄 알았는데 튀김을 입이 아닌 코에 갖다 댄다. 흠흠 몇 번 냄새를 맡더니 내게로 다시 내민다.

"엄마, 이거 아카시아향이 나요. 향이 정말 달아요."

"야가 먹어보지도 않고 달다니…… 그럼 어서 먹어야지 왜 보기만 하고 있어?"

"엄마가 먼저 먹어야지요. 이 달달한 맛있는 건요."

둘러앉아 지켜보던 동네어른들이 모두 혀를 찼고, 동네어구에서 놀려대던 꼬마들은 입을 쩝쩝 다신다.

"여기 많구먼. 그럼 맛있는 거니께 우리 둘이 똑같이 먹는 거여. 아, 참. 장군이 친구들도 같이 먹어야제?"

"그럼요, 엄마."

장군이가 쟁반 위를 별로 더듬지 않고도 튀긴 아카시아꽃을 들어 앞으로 쭉 내민다. 마침 그 두 갈래로 머리를 땋아 뒤로 예쁘게 넘긴 여자아이 쪽으로.

"친구들, 여기."

기특하다면서도 츳츳, 또 혀를 차는 동네 할머니들 중 한 분이 그런다.

"지천에 깔린 게 아카시아구만, 참말로. 내일 또 튀기면 되지 뭘 걱정이랑가."

구수하고 향기로운 건 아카시아 튀김만이 아니다. 장군이도 이것을 고향의 향으로 오래 기억하겠지. 내일이야 어찌됐든. 내가 사십 년 전에 그러했듯이. 아카시아 튀김을 씹으니 바삭바삭 소리도 즐겁고, 진달래 화전을 입 안에서 오물거리니 침이 돌며 생각도 기쁘다. 잘 될 거라는. 앞으론 잘 될 거라는.

"미안해, 친구."

악수하는 척 속임수를 쓰며 딴지 걸어 장군이를 넘어트린, 장군이보다 한 뼘은 족히 더 크고 통통한 사내아이가 또 손을 내민다. 무슨 짓을 또 하려고…… 장군이를 막아서기도 전에 장군이가 또 제 팔을 쭉 뻗는다. 순간, 그 애가 또 팔을 잡아당기며 이번엔 포옹을 한다. 그리고 하는 말이다.

"내가 형인 거 맞지? 내가 이만큼이나 크니깐. 이젠 동생하고 사이좋게 지낼 거다. 아까 같은 일은 더 없을 테니 기억도 싹 지워버려. 알지, 동생?"

아이들이다. 고향이다. 사람냄새가 더 징하고 더 찐하게 풍겨나는 흙 밟는 동네다. 장군이도 포옹을 풀지 않고 내게 대답한다.

"엄마고향에 아주 잘 왔어요."

서울에선 바깥에 나가면 맨 맞고만 들어왔던 장군이었다. 그런 장군이가 내 앞에선 어린애답지 않게 울거나 불평 한 번 하지 않았다. 이게 더 슬프게 하는데, 이 슬픔엔 한이 섞여서다.

"울면 매가 더 늘었는걸요."

다른 사람도 아닌 아버지가 그랬다. 장군이도 나도.

"엄마고향? 이젠 장군이 고향이제, 안 그려 장군이 친구들아?"

예, 엄마. 장군이 대답과 동시에 다른 꼬마들도 예, 예, 한다. 한 애가 말한다.

"우린 고향 싫은데……."

마침맞게 장군이가 말을 내었다.

"내 고향에도 왔어요."

그 애가 다시 말한다.

"고향이 뭐가 좋다고."

또 동시다. 장군이가 펄떡 일어나더니 연속 혀를 차며 츳츳거리는 동네 어르신들에게 이마 앞으로 두 손을 올리고 허리를 구부리며 무릎을 꿇는다. 덥석 바닥에 엎드린다. 아무 말 없이 동네 어르신들 앞에 큰절을 하고 있는 장군이의 등위 좌우로 잔물결이 일다가 위아래로 출렁인다. 운다. 등에 손을 얹어 쓰다듬어 주려다 만다.

그래, 속에 담고 삭히려고만 하지 말고 밖으로 다 쏟아내거라, 뱉어내거라. 기쁨이 크면 서러움도 크다. 서러움이 크면 기쁨은 더 크다. 기쁨은 서러움으로 울게 놔둔다. 비운 뒤에나 얻을 수 있어 서글프지 않아도 눈물이 난다.

49

고향은 첫날밤 잠자리를 마을회관에 마련해줬다. 나를 쫓아낸 고향, 그래서 더 원망해 왔던 고향, 다신 돌아가지 않으리라고 돌아보지도 않았던 고향, 그런 고향이 나를 맞아주며 내 몸 누울 자리를 내준다.

마지막이란 생각에 떠올린 고향이다. 아직도 무서움이 생생한 아버지가 있을 곳이고 새벽에 일어나 밤늦도록 일하고 있을 엄마가 있을 곳. 내가 떠난 일곱 살까지도 생각나는 건 종일 일하며 힘들었던 기억만 남은 곳이었다.

그 먼 장백산까지 애기지게를 지고 그 짧은 다리로 하루에도 네댓 번은 오가며 산나무를 날아오면 고작 이거냐며 몽둥이가 날아왔고 너무 힘에 부쳐 잠깐 쉬려 앉으려면 귀신처럼 나타나 또다시 몽둥이질로 내쳐대던 아버지에 대한 공포…… 평생 잊지 못할 말, 그

뜻을 나이 마흔이 더 지나서야 어렴풋이나마 짐작을 해본다.

'일본놈 시대라면 전쟁터에 팔아넘기기라도 하지, 해방이 됐다고? 나아진 게 뭐가 있어?'

제 딸을 그렇게 팔아버리려 한 아버지는 돈 받고 팔지 못한 딸에 불만이 쌓였고, 쌀이나 축내느니 돈을 받진 못하더라도 내다버리는 게 더 이익이라며 제 딸의 손익계산서를 두들겨본 아버지…… 그렇게 결국 버려져야 했던 고향의 추억.

이런 곳을 왜 마지막, 생의 마지막으로 여길 즈음에 한 번은 보고 싶었는지 참으로 모를 일이다.

여느 날과 달리 장군이가 온몸이 더 엉망이 되어 돌아왔던 날, 울면 좀 낫겠구만 울지도 않고 제 사타구니에 두 손을 쑤셔넣곤 구석에 쪼그린 채 고개도 들려고 하지 않았다. 뭐 하나 해줄 것 없는 애미가 기껏 위로해준다는 게 물 한 바가지 떠다주는 일. 헌데 그날은 이상한 느낌이 들어 어디서, 무슨 일이 있었느냐고 꼬치꼬치 물어댔고 대답 없는 아들에 부아가 치밀기도 하고, 자식에게도 무능한 내 자신에 대해 화도 나고 하여 끝내 아랫도리를 움켜쥐고 있던 장군이 두 손을 끌어당겨 허벅지를 벌려보니, 허벅지를 따라 흘러내린 마른 핏물 자국. 벗겨보니 팬티에는 더 많은 피가 끈적하게 엉겨붙어 있었다. 엉덩이 쪽에서 흘러내린 피,

열세 살 어린 아이한테까지. 더구나 사내아이인데. 나도 길거리에서 당해본 적이 있어 장군이가 단지 구타만 당한 게 아니라는 걸 바로 알았다. 어미와 자식이 어쩌다가 가난 말고도 이런 짓까지 대물림을 당해야 하는가.

그토록 구차하게 살면서도 누구 한 번 원망하지 않던 내가 장군이를 끌어안고는 세상을 저주하지 않을 수 없었다. 막연하게 세상에 화풀이를 했고 막막하여 세상에 하소연도 했다.

전생에 무슨 죄를 그리 졌다고 나에게, 우리에게 이러시는 겁니까?

나 하나도 모자라서 내 자식에게까지 이토록 모질게 구셔야 합니까?

그때였다, 고향을 떠올린 건. 그래, 그리고 같이 죽자. 장군이를 위해서라도. 더 당하고 살 장군이를 더 이상은 방치할 수 없었다. 용납할 수 없는 독한 마음속엔 남을 어쩌겠다는 생각따윈 하나도 없었다. 피해주는 것, 또 내가 우리가 더 한 번 당해주는 것, 용서란 말은 감히 할 수도 없이. 자식에게 해줄 수 있는 게 아무 것도 없다는 무력감은 뭔가 해줄 것을 생각하게 되었고 그것이…….

"엄마고향에 가면 같이 갈겨?"

"엄마가 가는 데는 어디든지요. 엄마고향이라면 더 가고 싶어요."

"엄마가 가는 데는 어디든지?"

"예, 그럼요. 엄마가 난 얼마나 좋은데요."

"엄마가 가는 데는 어디든지? 엄마라고 해봐야 남만큼도 해준 게 없는데 그래도 엄마가 그렇게 좋은거?"

또 물었고 다짐을 해야 했다. 같이…….

"예. 하늘 땅끝 어디든지요. 엄마는 지옥엔 절대 안 가실 테니 엄마 따라가면 천당도 가겠어요."

짐작한 건가. 뜨끔 놀라고 말았다. 이렇게 장군이의 손을 잡고, 장군이의 손에 이끌려 온 곳이 바로 여기, 고향이다.

48

내일이 어찌될지 알 수 없는 고향의 밤은 스르르 잠이 들 만큼 편
했다.

"엄마, 고마워요. 엄마고향에 오니 처음으로 친구가 생기고 형도
생겼어요. 엄마도 좋은 꿈꾸세요."

눈을 감으니 보여야 할 어머니도, 아버지도 없었단 걸 문득 깨달
는다. 구례산동댁이 그랬던가.

"내일 얘기혀. 오늘은 일단 푹 쉬고. 불을 땠응께 바닥은 따뜻할
겨. 아직은 밤이 차니께."

"처음인겨?"

"예? 예. 친구하고 형하고 사이좋게 지낼 거예요. 형이 날 안아줬
어요. 엄마 말고는 처음이에요."

어떻게 더 나쁜 마음을 품을 수 있단 말인가. 굳힌 마음을 마음이

또 깨주겠거니, 하며 안일하게 넘겨버리려 한다. 이불 속에서 장군이의 손을 잡는다.

"우리 여기서 살까?"

바로 예, 할 줄 알았는데 아무 대답이 없다.

"살긴 싫은겨?"

장군이도 고향에 온 어미 마음을 알고 있었던 것일까. 지옥에는 절대 안 가고 천당까지, 하늘땅끝까지…….

"왜 대답이 없는겨? 싫은갚만?"

내게로 돌아눕더니 장군이가 물었다.

"엄마, 울어도 돼요?"

대답도 듣지 않고 내 가슴에 머리를 처박은 채 엉엉 소리내어 울기 시작했다. 울면 더 세게 매질이 되어 돌아왔던, 그래서 더 울지도 못했던 열세 살 어린아이가 슬프게도 운다.

"내일이 오지 않았으면 좋겠어요. 이렇게 엄마하고."

47

내일은 왔다.

동트기 전에 눈이 절로 뜨인다. 꿈을 꾸긴 했는데 앞뒤가 오락가락 뒤섞여 헤아릴 수가 없다. 산까치가 창문 밖에서 요란하게 울어댄다. 그 소리에 깼고 그 소리에 꿈도 꾸다 말았다. 일어나는데 장군이의 손이 나를 더듬는다.

"벌써 깬 거여?"

"엄마, 지금 몇시쯤 됐어요?"

"해도 뜨지 않았응께 새벽밤이제. 그니 어서 더 자."

"열두 시 되려면 멀었지요?"

"언제 열두 싱거? 밤 열두 시는 아까만치 지났구만."

"낮 열두 시요."

"아직아직 멀었제. 더 자 어서. 열두 시까지 자려구? 그려그려.

우리 늦게 잠들었응께, 내 집이다 생각하고 어여."

"엄마, 어디 가시려고요?"

"잠이 안 오는구만. 저 놈의 까치들이 울어대닝께 맴도 싱숭생숭 허구 더 잘 수가 있어야제. 장군이도 저 까치 땜에 깼겨?"

"까치가 저렇게 가까이 와서 우는 건 처음 들어요. 전깃줄이나 높은 나무 위에서 울지 않나요? 고향까치는 창문에 대고 울면서 사람을 깨우나 봐요."

"고향까치? 그려. 고향은 좋은 소식으로 늘 꽉 찼응께. 그래야 하는 게 고향잉께. 그럼, 엄만 잠깐 나갔다 올랑게 더 자고 있어, 장군인."

"나도 엄마랑 같이 가면 안 돼요?"

"왜 안 되긴. 그래도 자는 게 날 텐디. 잠이 안 오는거?"

"예. 어제 날 안아준 형의 마음이 오늘 됐다고 달라지는 건 아니겠지요?"

잠들기 전 내일이 오지 않으면 좋겠다던 장군이의 말이 떠오른다. 내일이라고 해봐야 달라질 것도 없고, 달라진다면 그나마 기대했던 일들이 번번이 깨졌으니 내일이 불안했을 터.

"달라지긴. 어제 그 형이 안아주기꺼정 했잖여. 사이좋게 지낸다고 혔구. 동생은 장군이고 형은 형이라고 혔응께. 또 뭐라 헌 것 같은디."

"넘어트리는 일은 없을 거라고 했어요."

"맞어맞어. 그랬잖여. 잘만 기억하네. 걱정 말고. 그냥 믿으면 되는겨. 그냥."

"고향에선 믿어도 되는 거지요? 엄마처럼요."

이 어린 나이에 얼마나 속아왔으면 처음 온 고향고향 하며 기대고 의지하려 하는가. 엄마처럼…… 가슴이 싸하다 못해 쓰리다.

"그려. 이제 그런 고향에 우리가 온겨. 까치도 저렇게 우릴 맞아주는디, 안 그려? 그럼. 잠 다 깼으니 엄마랑 고향아침을 보러 나갈까?"

"예, 좋아요. 보러 가요. 엄마랑요."

우물을 지나는데 장군이가 물소리가 난다며 자라우물이지요? 한다.

파내고 더 파내니
자라오줌 쇠오줌 돼
콸콸콸콸 쏟아지네
봇물 터진 저수지라

말한 내가 다 잊은 것을 한 번 들은 장군이가 '자라우물가'를 한

자 빠짐없이 읊는다.

　두손 모아 한 바가지
　삼켜대니 맛도 좋다
　웃는 네놈 너도 먹게
　물맛 한 번 끝내준다

마시지 않을 수 없다.

"엄마, 정말 물맛 한 번 끝내줘요. 정말 시원해요. 입 안이 얼얼할 정도예요."

"그렇지? 엄마가 절대 틀린 말하는 거 봤가니?"

"아뇨, 절대요. 엄마말은 기대하면 기대하는 대로 다 맞았어요."

"기대?"

내가 장군이의 기대를 채워준 게 무엇이 있던가. 하나도 없다. 근데 기대라니? 다 맞았다니?

"엄마랑 이렇게 같이 있잖아요. 엄마가 나한테 처음 한 약속이었어요."

기대였구나, 그게 기대였다니. 엄마가 자식하고 함께 있겠다는 게 약속이고 기대였다. 기약이었다. 그저 한 말을 그저 놔둘 수 없게 하는 것도 기대이리라.

우물을 지나 언덕을 오르면 그 끝에 우리집이 있어야 한다. 약속이나 기대 따위 없이 헤어져야 했던 부모가 살고 있어야 할 집이 나와야 한다.

'어델 가던지 저 돌멩이들처럼 꿋꿋해야 한다.'

나를 버리면서 한 어머니의 마지막 말, 약속인지 기대인지 모를 엄마의 마지막 말이 집보다 먼저 떠오른다. 집은 그대로 있다. 다만 지붕이 흙빛 초가에서 허연 슬레이트로 바뀌었다. 보는 순간 마음이 차갑다. 동시에 문패에 눈이 갔다. 아버지의 성 씨가 아니다. 아버지는 양 씨인데 소 씨라니…… 그 사이에 너무나 오래 지나가버린 시간. 그래서 어제…… 슬레이트지붕이 섬뜩할 만큼 더 차갑다. 나무대문은 열렸건만 그 안을 들여다보지 못하게 달라진 문패가 가로막는다.

"왜요? 엄마집이 없어졌어요?"

46

그러고 보니 내가 양 씨였다. 이름도 떠오른다. 네가 알고 있는 그 이름은 아니다. 성도 잊고 가짜 이름을 진짜 이름으로 알고 산 지도 사십 년. 고향에 오니 잊혀져서 없어지고 없애서 사라진 것들이 다 새롭다. 나도 가진 게 있었어. 이름을 찾고 생각한다.

"엄마집이 없어졌냐고? 그럴 리가 있가니."

"없어진 게 아니었네요, 엄마. 근데 왜 안 들어가고 그냥 내려가요?"

아들 장군이에게 그래도 엄만데 불안하단 말은 차마 내 입으로 꺼낼 수가 없다.

45

　구례산동댁과 주천댁…… 고향의 여자들도 다 제 이름을 갖고 살지 않는다. 그들이 짧게 들려주는 얘기로 사십 년이 훅 지나갔다.

　서울의 어느 교회에 딸린 고아원인가 양로원으로 낯선 사람에게 이끌려간 때가 내 나이 일곱 살이었으니 1957년이었다. 그뒤 어머니는 나 대신 아버지로부터 매를 맞았고 4년 후쯤 5·16 군사쿠데타가 일어나자 남원 용문시장에서 만난 군인을 따라 도망쳤다. 군인들 세상이 될 거라며 엄마를 꼬셔댄, 계급은 중사였고 육십이 거의 다 된 나이 많은 남자였다. 그때 엄마 나이 서른쯤이었다. 그후 아버지는 꼬박꼬박 밥해주는 여자가 없어졌고 또박또박 맞아주는 사람도 없어졌으니 더욱더 매일 술로 끼니를 채웠다. 난폭한 매질은 동네의 나이 어리고 약한 남자에게로 가해졌고 동네여자들에게도 나이 불문, 따지지 않고 시비를 걸고 주먹질을 해댔다. 남편들이 달려오면 동네가 온통 싸움판이 돼버렸다. 친가 외가 서로 친척들이었기에 그나마 싸움 정도로 끝낼 수 있었다. 아들 둘은 걸핏하면 매를 드는 아버지에게 대들었고 같이 주먹질을 해댔다. 오히려 아들들에게 맞게 되니 더 이상 건드리진 못하고 애먼 여자들을 상대했던 것이다. 그러던 어느날 아버지는 장맛비로 물이 불어난 척동 개울가에서 사체로 발견됐다. 술에 취해 건너다가 봉변을 당했다고들 추측했다.

"그게 더 잘된 거지. 더 살았어봐. 그 자도 더 엉망으로 망가졌을 게 뻔하고 우린 또 어떻겠어. 다들 잘 됐다고 혔지. 죽어 안됐다고 한 사람은 한 명도 없었응께."

아버지는 그렇게 동네사람들로부터 '잘 됐다'는 축하를 받으며 세상을 떠났다. 오빠와 동생이 있었는데 내가 서울로 가고 나서 동생이 둘이나 더 생겼다. 하지만 그후로 모두 고향을 떠나 뿔뿔이 헤어진 뒤 아무도 찾아오지 않았다. 아무도 들어가려 하지 않은 빈 집은 한동안 비어 있다가 새 주인을 맞았고 그렇게 지금에 이르렀다.

"할아버지, 할머니가 많이 보고 싶었는데……."

고향에 가면 외할아버지, 외할머니가 계실 거라고 말한 게 실수였다. 못 본 과거는 환상이고 그래서 소망을 갖게 한다.

"엄마 어렸을 때는 어땠어요?"

"엄마 어렸을 제? 긍께 엄마도 어렸을 제가 있었구만."

고작 대답은 이뿐이었다. 더 듣고 싶었는지 나의 어렸을 적 얘기를 기다리며 한 벽을 다 채울 만큼 큰 괘종시계를 자꾸 바라본다. 시계종이 열한 번을 치며 시간을 알려준다.

"엄마, 한 시간 뒤면 열두 시가 되겠네요."

"으잉. 저 시계가 맞다면 맞겠지. 왜 근디 또 열두 신?"

주천댁이 들고 꼬로록 하는 배마냥 밥때 시간을 아주 잘 맞춘다며, 저것도 밥을 줘야 제 일을 한다고 태엽을 감아주러 일어난다. 아현동 산동네 집에도 이보다는 작았지만, 소리를 내던 시계가 있었지.

"장군아, 우리도 일어나야제? 저 너머 저수지 지나고 언덕 하나를 더 넘으면 마을이 하나 더 있응께, 거기 가서 엄마 어릴 적 얘기를 들어볼겨?"

오늘밤은 어디서 자야 하나, 집도 없는 고향에 와서 회관 신세를 더 질 순 없고 해서 떠오른 곳이 어머니의 친정이 있던 초동이다. 할아버지네는 원래 곡성이었다. 초동으로 옮겨 산 지 얼마 되지 않았다는 기억도 남아 있다. 어머니는 곡성에서 태어나 초동으로 이사를 왔다. 그래선지 어머니는 곡성댁으로 불렸다. 곡성댁 외엔 어머니의 진짜 이름은 전혀 기억나지 않는다. 알려주지 않았고 들어보지도 못했다.

또 아들이 끄는 건지 내가 끄는 건지 같이 끄는 건지 우리는
함께 나란히 초동을 향해 걷는다.

노년에 돌아온 고향의 봄
덴동어미 봄 춘자라
만년초록 장수하니
우리 부모님 봄 춘자
우리 자손 봄 춘자

덴동어미를 읊어주고 있으려니 장군이가 또 고개를 돌려 나를 올
려다본다.

"엄마, 지금 이 이야기가 꼭 엄마가 들려준 자라마을 이야기 같아
요. 뭐뭐뭐뭐 뭐뭐뭐뭐. 이렇게요. 노래 같아요."

"그런 거여? 노래 같여? 맴이 노래하면 애기도 노래가 되는 건

께. 근디, 우리 장군이가 그 자라마을 얘기를 다 기억하고 있능겨?"

"예, 거의요."

"한 번 들려줬는디 다 기억한단 말여?"

"듣긴 한 번 들었지만 생각하고 또 생각했으니까 여러 번 들은 거나 다름없지요. 그니까 여러 번 들려준 거예요, 엄마가."

"계산이 그렇게 되는 거구만. 장군이가 똑똑허니께 그렇제. 똑똑헌께."

눈을 감고 생각하면 더 잘 생각나고 눈을 감고 외우면 더 잘 외워지듯이 그런 건가. 장군이의 뜨지 못하는 두 눈을 보고 있으려니 가여운 것만은 아니란 생각도 든다. '그래, 내가 더 오래 살아야지. 내가 장군이의 눈이 돼줘야지' 하며 같이 죽자고 결행했던 고향행을 방정맞은 생각이라 여기고 고개를 흔들어 털어낸다. 마지막 자식과의 동반여행이 고향이 되었지만 고향은 그 마지막을 받아주지 않는다.

"어디 한 번 이젠 엄마에게 자라마을 얘기 들려줘 볼껴?"

아들과 고향길을 걷는 일만으로도 희망이다. 이런 동행은 자연히 이야기가 생겨나고 이렇게 손 잡고 걸으며 아들이 들려주는 이야기를 듣는 것은 행복이다.

"예, 그럼요. 기니까 그래요, 이걸루 들려드릴께요. 여기가 더 재미있어요."

너도 덥고 나도 덥다

보는 소도 덥긴 마찬가지

이제 그만 포기하고

기분좋게 봉헌하면

너도 좋고 나도 좋고

얼씨구나 둘 다 좋다

때가 됐다 때가 왔다

이 한 방이 마지막돼

맞고 설래 그저 설래

망설일 줄 알았더니

가던 길을 재촉하네

너라고 자존심 없겠냐만

참을 인을 다했으니

이쯤에서 끝내고자

두 팔 벌린 몸을 던져

잡아채니 빈손이라

거북입네 얕보고서

토끼인 양 젠 체했네

거북무시 허세였고

토끼자랑 허망하네

"엄마, 근디 봉헌이 무슨 뜻이에요?"

"근디? 시방 근디라고 한겨?"

"하하하하. 고향에 왔다고 나도 고향말을 쓰게 되나봐요. 하하하하."

"그라제. 고향말은 바로 정인께. 봉헌이란 말은, 엄마도 잘은 모르겠구 아마도 무조건 공짜로 주는 거, 이런 비슷한 뜻일겨."

"무조건 공짜로 주는 거요? 그럼 내가 전철에서…… 남들이 봉헌한 거네요 나한테요."

"그렇게 또 되는감? 장군이는 잘도 이해혀니 참말로."

"자라한테 공짜로 달라는 건…… 엄마 알았어요. 자라가 아주아주 잘 도망갔네요."

"토꼈응께, 아니 도망갔응께 우물도 되게 했고 그래서 자라마을도 생겼다는 거 아녀."

"자라가 토끼처럼 토꼈어요?"

아마도 너와 목욕탕에서 들었던가 그 미자가 했던 말이었던가 그럴 것이다.

"또 모르는 게 있어요. 자존심이 뭐예요?"

"자존심?"

엄마가 고향을 떠나며 걷던 길 위의 돌멩이를 보고 했던 말이 떠올랐다.

'고개 바짝 치켜세우고…… 하찮은 돌도 저러한데 하물며 사람이야……'

"자존심은 말여, 길 위에 박혀 있는 돌멩이 같은 거여. 비켜주지 않고 딱 막아 버텨 서서는 사람들을 돌아가게 만드는 거."

"예? 자존심이요? 그럼 넘어지게도 하는 거구요?"

그렇게 걷다가 또 묻는다.

"그리고 엄마, 참을 인은 또 무슨 뜻이에요?"

"그건 엄마도 전혀 모르겠는디, 아마도 유식한 목사님이 유식한 말로 엄마말을 살짝 바꿔치기 해주신 것 같은디."

"유식한 목사님요?"

"응, 그런 분이 계셔. 어제 어떤 할머니가 얘기하셨지 아마? 그 목사님이랑 같여. 같은 분여. 이제 본격적으로 나올 거구만. 기둘려 봐. 알제? 참고 좀 기둘려 봐라잉. 장군아."

"예, 엄마. 참고…… 아, 엄마 알았어요. 참는 게 인인가 봐요. 참을 인을 다했으니…… 다 참았단 말을 그 목사님께서 유식하게 바꿔치기 해주셨나 본데요."

"생각해보니 장군이 말이 딱 맞는 것 같구먼. 그럴 듯혀. 맞어 그거여. 참는 것. 글고 장군이가 그렇게 생각허면 맞는겨, 다 맞는겨.

엄만 내 아들 무조건 믿는게."

"아들한테 봉헌요?"

기억이 맞는다면 이 길 저 끝에서 왼쪽으로 돌면 내리 언덕일 테고 마을이 보일 것이다. 그땐 좁은 샛길에 길도 이렇게 곧지도 않아서 산을 넘어야 했고, 풀들도 무성해서 애기지게 작대기로 휘두르며 길을 트고 가야 했다. 이 길은 나에게 유일했던 자유시간의 길이었고 해방의 길이었다. 애기지게에 다섯 살 애기가 무거운 짐을 지고 오가야 했던 길이지만 나 혼자만의 시간이었고, 그 시간은 누구에게도 방해받지 않았다. 늦게 돌아와도 이때만은 아버지가 매를 들지 않았다. 외할머니가 담근 막걸리 한 병도 그 짐 속에 있었기 때문이다. 그리곤 머리를 쓰다듬어주기도 했는데 이때가 유일했다.

두 분이 살아계셔도 백 살은 더 되었을 테니 만나리라곤 기대하지 않았다. 고향에 와도 갈 데 없고 잘 데 없는 처지이다 보니 또 다른 고향을 찾았다. 단지 내 조막만 한 손바닥 네 개는 됨직한 크기의 김부각을 쥐어주시던 할머니의 기억으로라도 더듬고 싶었다. 할아버지만 드셨던 그걸 김과자라고 불렀는데, 어린 우리들은 어쩌다 받아먹는 정도였다. 그뒤 어떤 과자를 보아도 이 김부각을 먼저 떠올렸고 고향 남원의 김부각

맛은 어느 과자와도 비교할 수 없었다. 할머니는 자주 혼잣말을 하며 혀를 찼다.

"그때야 나라를 잃은 세상이었으니 없는 나라마저 더 팔아먹으려고 달려든 놈들이 있었고 조선을 뺏은 일본놈한테 붙어먹으며 사는 조선놈들 꾐에 빠져 제 딸을 돈 몇 푼에 팔아먹는 애비가 있었다지만, 지금은 해방돼 나라를 되찾았는데도 양 서방은 입만 열면 저 어린 것을 팔아먹지 못해 안달이니 이게 인간으로서……. 하기사 지금도 해방된 나라를 또 그 놈들한테 팔아넘기겠다고 하는 뻔뻔한 자들이 많으니 참말로 참말로."

대여섯 살짜리 내가 도대체 알아들을 수 없는 말을 했지만 나이 오십이 되도록 여태 잊히질 않는다.

잘 낸 길을 걸으면서도 걷는 게 힘들다. 발이 무거웠고 마음도 짓눌려 걷기가 힘들다. 지울 수만 있다면 좋으련만 기억이 어디 지 마음대로 지우고 쓰는 지우개이고 연필이 될 수 있겠는가. 한 번 새겨진 것 오십 년을 품고 있다.

"엄마, 누가 우릴 따라오는 것 같은데요."

장군이가 불쑥 내놓은 말이 뜬금없이 들릴 만큼 기억에 정신을 빼앗기고 있었다.

"누가 따라온다고 우릴?"

뒤를 돌아봤지만 아무도 없다.

"장군이가 헛것을 봤는갑다."

"아니에요, 엄마. 그냥 따라오는 거면 걸음이 자주 멈추진 않을 텐데, 멈췄다 걷다 멈췄다 걷다 이래요. 어제 자라우물에서 쓰윽 들어와 엄마옷을 갖고 가고 다시 쓰윽 들어와서 다른 옷을 내려놓고 갔던 그 검은 손이 아닐까요?"

"야가 벌건 대낮에 무신 그런…… 엄마가 그런 말에 놀랠 줄 알고? 전혀. 무서운 얘긴 엄마가 지어서 해주는 게 특기지. 나 무서우면 짓지도 못하는 거여."

"엄마를 내가 왜 놀려대겠어요. 아니에요. 엄마, 우리 여기서 잠깐 쉬었다 가요. 그럼 알 수 있을 거예요."

"장군이가 힘든 게구만. 그럼 힘들다고 말을 혀지. 그려 쉬자. 두 발 쭈욱 펴고……. 누워서 낮잠이라도 잘껴? 새벽부터 고놈의 까치 땜에 일찍 일어났잖여? 뭐 바쁠 게 하나도 없응께."

덥석 주저앉는다,

"까치가 좋은 소식을 물고 얼릉 알려주려고 일찍 깨운 거예요, 엄마."

장군이는 귀를 모으려는 듯 턱을 무릎 위에 괴고 고개를 수그려

두 손을 두 귀에 갖다댄다.

"것 봐요, 안 오잖아요."

"뒤따라온 사람이 없응께 안 오지, 안 그려?"

"좀 기다려 보세요. 그래요, 참을 인을 다할 때까지요."

"장군이가……."

두 눈만 멀쩡했어도 판검사든 의사든 하고 싶은 것은 다 할 텐데…… 입에서 막 나오려는 방정을 가슴이 눌러막는다. 그때 정말 소리가 났다.

"으으으으……. 지지…… 어……어 …… 엉."

어제 자라우물에서 목욕하고 있을 때 들었던 그 소리다.

"사람잉겨?"

"그럼요. 검은 손이 맞아요. 그 사람이에요. 엄마옷을 바꿔놓은 사람요."

"근디 왜 우릴 따라오는겨. 어제 준 옷 빼앗아가겠다는겨? 설마 허니 세탁소? 내 헌옷 빨아 새 옷 돌려주고…… 그럼 돈 달라 할 거 아녀?"

그 사람은 보이지 않는다. 그 소리도 나지 않는다. 거의 한 시간이 지났는데도 나타나지 않는다.

"엄마가 무서워지는디."

정말 무서웠다. 나타나질 않으니 무서웠다.

"어서 가자, 어여."

마치 외할머니가 반겨 맞아주기라도 할 것처럼 초동마을을 향해 황급히 걸음을 재촉한다.

43

　반겨주는 사람이 한 명도 없다. 친척도 없다.

　"저 집에 오 씨들이 살긴 했다고 하는데, 이 마을엔 지금 오 씨 성 가진 사람은 한 명도 안 산다."

　사십 년의 세월은 그렇게 나도 모르게 사라져버린 채로 남아 있었다.

　"엄마, 저 아저씨 같애."

42

다시 고향 오촌마을로 돌아가야 하나. 가야지. 작별인사도 안 하고 나왔으니, 하면서도 발이 내키질 않는다. 그때 장군이가 저 아저씨, 라고 해서 보니 정자 쪽에 서서 우리를 쳐다보는 중년의 사내가 있었다. 허리가 굽은 데다 우리가 보는 순간 고개만이 아닌 몸까지 휙 돌려 피하는 엉거주춤한 모습에서도 내 나이쯤 돼 보였다. 자신감이 없는 건지 몸이 불편한 건지, 그의 손을 보니 옷 같은 건 들려 있지 않았다.

"세탁소는 아녀. 옷이 없잖여. 어여 또 가자."

"세탁소요?"

과거는 이래저래 발을 묶는 애물이 된다. 아들 앞에서 내 과거지사로 얼굴을 붉히고 만다.

"가서 어르신들께 인사라도 혀고 갈 델 가야 쓰것응께. 어여 가자."

"고향에 안 살고요?"

"장군이 할머니·할아버지도 없응게 있을 데도 없잖여?"

"집이 없어서요?"

"응, 그렇기도 허구 또……."

집이라도 남겨졌다면, 막막하니 부질없는 생각을 한다.

"맞는 거 같아요. 저 아저씨가 계속 우릴 쳐다보고 있어요."

오 씨는 이제 안 산다고 알려준 초동 할아버지가 그 자를 향해 소리를 지른다.

"게서 뭐하는 거여? 초동에 볼일이 있간? 그럼 어서 후딱허니 들어오잖고 거기서 뭘 그리 꾸물거리고 있능겨. 답답하기건 참. 말을 못허면 행동이라도 반듯허야지. 참. 오촌에서 왔다고 혔지? 저 사람하고 같이 온 긴가 보네, 그려?"

나한테 한 말을 그 자에게도 한다.

"그려? 같이 온겨?"

고막이 찢어질 듯한 큰 소리로 그에게 묻는다. 그가 고개를 좌우로 흔들더니 이내 끄덕거린다.

"도대체가 같이 왔당겨 안 왔당겨?"

아는 사람이냐고 내게 묻는다. 고개를 저었다. 으으으으 …… 지지…… 어……엉, 또 소리를 내며 그가 내려왔던 언덕으로 돌아서서 총총걸음으로 올라간다.

"맞잖아요, 엄마."

"근디 옷도 안 들고 참으로 요상한 일이네. 요상한 사람이네, 참."

내 추잡한 꼴에 사람마저 우습게 보고 함부로 달려들어 갖은 추태를 보이는 사내들은 서울에만 있는 게 아니었다. 침을 뱉으려 입 안에 모았다가 그대로 삼킨다. 장군이에게 보일 만한 엄마의 모습은 아니었다.

"아저씨가 우리가 오던 길로 다시 가지요?"

"보여?"

장군이에게 상처가 될 말은 어떻게든 안 쓰려 했건만 다급했나 보다.

"그려. 이번엔 우리가 저 자를 뒤따라갈 수도 없고, 이젠 어째야 쓰겄나?"

"엄마, 따라가요. 우릴 해칠 분은 아닌 것 같아요. 좋은 사람 같은 데 나처럼 몸이 좀 안 좋은 데가 있나 봐요."

'으으으으…… 지지…… 지 어……어어엉.'

그제야 그 정체를 알아낸다. 벙어리. 그러나 말을 못해서가 아니라 말 못할 사정이 있는 듯 애타게 들린다. 그리 듣고 보니 내가 더 애가 탄다. 왜, 무슨 일로? 옷도 아니면? 말 못할 사정? 아버지를 알고 있는…… 이쯤 생각이 미치자 불현듯 아버지의 공포가 몰려온다. 저 자도 아버지한테 당해서? 불안이 몰려왔고 아마도 처음으로 장군이의 요구를 딱 자르고 만다.

"안 돼. 아무나 따라가선 안 되는 거여."

반대로 난 길로 발길을 옮긴다.

"여기까지 왔응께 우리 지리산 보러 갈까나?"

"지리산요? 천구백십오 미터 지리산을요?"

"천구백…… 어떻게 알았어야. 여기서 육모정까정 그쯤 딱."

배운 것 하나 없는 내가 거리를 측정하는 단위나 거리를 가늠할 만한 지식이 있을 리 없다. 너 때문에 2킬로를 알고 있을 뿐인데…… 네가 태어나서 자란 아현동 꼭대기 그 집에서 세탁소까지의 거리를 다섯 살짜리 넌 용케도 알고 있었다. 넌 참 똑똑하게 태어났으니까.

"1킬로나 되는 먼 데를 이 밤 늦게 왜 간다는 거야?"

"1킬로?"

"왔다 갔다 하면 2킬로. 밤에 자꾸 날 혼자 두고 나가면 엄마한테 이를 거야."

왔다 갔다를 합친 2킬로는 초동마을에서 지리산 입구인 주천의

육모정까지 거리와 얼추 비슷할 것 같았다. 네가 한 말을 그대로 장군이에게 내 입으로 해줬다.

"왔다 갔다 하면 4킬로. 갈 수 있제?"

사십 년이 지났건만 이렇게 잊는 건 힘든 일이고 잊는다고 잊혀지는 게 아니었다. 너와의 정은 이토록 오래 끈질기게 붙어다녔다. 모질다곤 절대 생각하지 않는다. 정인 것인데. 정이 모질 리 없다. 따뜻해야 하는 것이다. 눈물이 나도 웃을 수 있는 것이 정이다.

"예, 물론이죠. 엄마랑은 어데든 따라간다고 했잖아요. 함께요, 늘. 근데요 엄마. 천구백십오…… 는요…… 예, 맞아요. 엄만 어떻게 내 마음을 다 알았어요? 엄마니까요?"

"장군이 맴을 내가? 그치. 엄마니께. 장군이 엄마니께."

한참을 걷다 보니 더 큰 길이 나온다. 길은 깨끗하고 넓어져 달라졌지만 멀리 영재산은 그대로다. 찾는 사람이나 만나야 할 사람만이 마치 길처럼 바뀌어 있다.

"엄마, 그 아저씨, 우릴 따라오고 있어요."

"뭐여? 내가 이참에 가서 따져 물어야겠다. 안 되겠네. 아주 몹쓸 사람이구만. 왜 귀신같이 남을 따라다니며 괴롭히는거, 괴롭히긴. 잠깐 기둘려, 장군아."

돌아보고 달려가서 따지려 했지만 또 보이지 않고 나타나지도 않는다. 말 못할 사정 같은 그 소리도 들리지 않는다.

"가자. 장군이가 잘 못 들은겨. 우리에게 볼일이 있으면 진작에 말을 걸든가 했겠지, 안 그려? 우리 이젠 아무 생각 말고 귀신 따윈 이젠 없는 거여. 단번에 지리산까정 가는 거다, 알제?"

"예, 엄마. 지리산으로 가요. 단번에요."

육모정에 도착하니 너무 서둘러 왔단 후회가 든다. 처음 아들과 오는 지리산인데 빈손으로 오다니. 아들과의 소풍이 너무나 가벼워 보였다. 김밥이라도 싸갖고 왔어야 했다.

"장군아. 다음에 올 땐 엄마가 싼 김밥 갖고 다시 오자. 아들한테 미안허구만, 참말로."

"아들한테 미안해요? 그런 말이 어딨어요."

사실 육모정이란 정자는 내 어린 시절엔 없었다. 와서 보니 정자가 있었고, 육각으로 생겨 육모정이라 한단다. 물은 달라졌어도 계곡의 폭포며 바위는 그대로다. 계곡물에 발을 담그니 1분도 견딜 수 없을 만큼 차갑다.

"얼음물 같아요."

"한여름에도 이랬었지. 누가 오래 담그고 있나 내기 할까?"

"좋아요. 엄마랑 내기 아주 재밌어요. 이긴 사람이 진 사람에게 뭘 해줘야 하는지도 정해요. 어제같이 그런 내기 말고요."

줄 것도 없고 받을 것도 없다. 업어주고 업히는 것이 벌칙이고 상이다. 이보다 더 큰 상도 없겠다 하면서도 서러워진다. 초라하다. 가진 게 없으니 마음도 초라해지고 만다. 눈물이 흘러 세수하는 양 흐르는 계곡물에 얼굴을 파묻는다. 얼굴에 닿은 물은 더 차가워서 흐르던 눈물도 얼게 할 것만 같다. 고드름으로도 달릴 것 같은 눈물이 고향 지리산 계곡물과 함께 뺨으로 흘러내린다. 구부린 등에 장군이가 손을 얹는다. 손이 더 따뜻하게 느껴진다.

"엄마, 그 아저씨…… 나쁜 사람 같지 않아요. 여기 가까운 데에 계속 계셨어요. 지금은 돌아가신 것 같아요. 우릴 여태 따라오신 거예요, 엄마."

구부린 채로 대답한다.

"우리에게도 좋은 사람이 없으란 법은 없응께."

눈앞의 지리산처럼 완만하게 굽은 등이 연신 끄덕끄덕거린다. 불가능하더라도 희망 좀 가져보는 게 뭐 나쁜 일인가. 그래서 희망을 품는다 하지 않는가. 갖진 못할지언정 품기라도 해보자. 손에 쥐진 못하더라도 가슴에야 못 넣고 살겠는가. 가슴에라도 쥐고 살아야 하지 않겠는가. 이런 생각이 다시 살게 만든다. 구부린 등을 펴 허리를 세우고 장군이를 안는다.

"지리산에 아들과 처음 왔는디 아들 좀 안아봐야제? 요렇게 예쁜 내 아들을 한번 꼬옥 안아보자. 지리산은 말여, 어머니산이라고 했승께."

41

내 품에 안겨 장군이가 묻는다.

"산에도 어머니가 있나 봐요. 그럼 지리산에 자주 와야겠어요. 근데 엄마, 지금 열두 시 지났겠지요?"

아들을 품은 채 대답한다.

"어머니란 말여. 지금 이렇게 엄마가 장군이를 안아주고 있잖여? 이런 거라는 거여. 안아주고 품어주는 것. 산이 그럴 수도 있다는 거제. 근디 오늘 아침부터 열두 시 열두 시, 왜 열두 시를 자꾸 찾는 겨? 열두 시에 무슨 약속이라도 있능겨? 열두 신 한참 전에 지났겠지. 세 시는 됐겠네."

"약속요? 약속일 수도 있겠어요. 밤새 꾼 꿈을 다음날 열두 시 전에 말해버리면 꿈이 다 달아나버린다고 들었거든요. 그래요?"

내가 아들 품에서 나와 되묻는다.

"꿈을 꾼겨? 좋은 꿈이었는가 보네. 그랴?"

장군이만 한 또래의 여자아이가 우리에게 다가온다. 짧은 숏커트 머리에 분홍치마를 입고 있어 더 예쁘장한 아이다. 그 아이가 멈칫하며 돌아보자 뒤쪽 너럭바위에 앉아 있던 아이의 엄마로 보이는 여자가 손짓을 해보인다. 옆엔 아빠일 테지.

"이거요."

아이가 까만 비닐봉지를 내민다.

"어떤 아저씨가 갖다주라 했어요."

"우리에게? 아저씨가? 뭔데?"

놀라서 연신 묻기만 한다.

"몰라요. 따뜻하기도 한데 차가워요. 김밥 냄새가 나는 걸 보면……."

"김밥? 어떤 아저씨가?"

장군이가 끼어든다.

"슬리퍼 신은 분 맞지?"

"슬리퍼…… 응. 산에 슬리퍼를 신고 와서 아빠가 이상하게 봤고, 또 말을 못하시는 것도 이상했어."

"말을 못하는데 우리한테 갖다주라 혔다고?"

요상한 사람에 요상한 일이다 싶어 물었다.

"엄마, 손으로 우릴 가리키셨겠지요."

"그래요, 맞아요. 그럼 난 갈게요."

"어쨌든 고맙다잉. 조심혀서 가. 바위가 미끄러운게."

까만 비닐봉지가 정말 따뜻하다. 그리고 차갑다. 김밥이었고 바나나우유였다. 한 줄도 아니고 두 줄도 아닌 넉 줄의 김밥과 바나나우유도 네 개나 들어 있다. 작은 종이 쪽지가 집힌다.

지영씨지요? 양지영

"지영이? 양지영이가 누구라냐?"

내게 묻다가 더 놀라고 만다.

"아니, 나잖여. 엄마 이름여. 엄마 어릴 적 이름이여. 뭔 일이라냐, 참말로."

"엄마 이름요? 지영, 양지영이요? 내가 아직 엄마 이름도 모르고 있었어요. 엄마, 죄송해요."

"죄송하긴. 엄마가 이름이니껜 다른 걸 알 수 있었간디."

요상하기만 한 일들이 계속 일어나니 정신을 잃을 것같이 어질어질하다. 나도 잊어버린 내 이름을 누군가가 기억하고 있었고, 그 자가 나를 뒤쫓아왔다. 그 검은 손이라는 귀신 같은 사람이. 누군가?

누굴까? 내 엄마를 곡성댁으로 알고 있었듯이 장군이가 엄마라고 부르니 따로 엄마 이름은 필요없었다. 알려줄 일이 있었다면 아마도 옛 이름을 어떻게든 기억해뒀을 것이다. 그런 일이 우리에겐 없었다. 나이 오십이 되어 다시 찾은 내 이름. 남이 지어준 이름으로 불리다가 그 이름이 내 이름인 줄 알고 살아왔다. 생각하니 기가 막힌 일이다. 기가 막힌 일로 아주 자연스럽게 사십 년을 살아왔다.

"근데, 엄마 어릴 적 이름이라뇨?"

장군이가 참으로 똑똑하게도 상황을 한마디로 정리해준다.

"응, 장군이 할아버지가 지어주신 이름이제, 이 엄마 이름."

"양지영, 아니 아니, 양 지자 영자. 이제 엄마 이름도 알게 됐어요. 고향에 오니깐 잃어버린 걸 다 찾아주네요. 정말 고향은 무조건 좋은 거네요, 그죠 엄마? 근데 엄마. 별안간 왜 어릴 적 엄마 이름을 얘기하신 거예요? 내가 묻지 않았잖아요."

또 한 번 정신이 아찔하더니 다시 말똥해진다. 나를, 나도 잊고 있는, 잃어버린 이름을 기억하는 사람이 있다니. 귀신이 곡할 일이 아니라 할 수 없다.

"도대체 그 아저씬 누구다냐? 귀신 같은디 귀신은 아닌 것 같고 귀신같이 말하고 귀신같이 허대니 참."

장군이 손에 그 종이쪽지를 쥐어준다.

"여기에, 그 아저씨가 말여. 지영 씨지요. 양지영, 이라고 말여. 어떻게 이런 일이 생길 수가 있능겨."

이 말을 듣자 장군이가 쪽지를 쥔 손을 내밀며 내 손을 잡는다. 손이 떨고 있다.

"이거 이거…… 꿈 그대로예요. 꿈에서도."

"꿈? 장군이가 꾼 꿈? 어제 꾼 좋은 꿈 말여?"

자라우물에서 혼자 목욕을 하고 있었다. 그때 흰 옷을 입고 흰 수염을 길게 늘어트린 할아버지가 나타났다.

"니가 장군이냐?"

"예, 제가 장군이 맞아요."

"이것 받아라."

하얗고 동그란 큰 항아리였다. 보름달처럼 생긴 항아리를 내려놓자마자 할아버지는 구름을 타고 하늘로 사라졌다. 달항아리 안에는 자라가 들어 있었다. 자라는 입에 검은 종이를 물고 있었다. 읽을 수 없는 장군이가 안절부절하자 달항아리 안에서 소리가 들려왔다.

"네 눈이 되어줄 것이다."

보름달처럼 하얗고 둥근 달항아리 안에서 울려퍼지는 소리가 꽤

낭랑하고 맑았다. 장군이가 그 종이를 자라에게서 받아 쳐다보니 또 다시, 그 소리가 들려왔다.

"네 눈이 되어줄 것이다."

글을 읽어주듯 같은 말을 했다. 그때 까치울음소리가 들려왔고 잠에서 깨어났다. 깨어보니 창가 쪽에서 까치가 계속 큰 소리로 울고 있었다. 엄마도 그 까치소리에 잠을 깼다.

"근디 왜 장군이 혼자서 목욕을 하고 있었다냐?"

하하하하, 장군이가 웃는다.

"엄마, 꿈이잖아요. 꿈에서잖아요."

"아, 꿈이제. 꿈이 진짜 같응게 속을 뻔혔네. 이상도 헌 일이네, 참말로."

"속을 뻔요? 진짜니까 진짜루 들으신 거지요, 엄마도요."

"진짜루? 그려 그러면 좋겠구만, 그러면 정말 좋겠구먼. 근디 달항아리에 자라가 들어 있었다고? 네 눈이…… 장군이 눈이……."

이 말을 하는데 얼마나 앞을 보고 싶으면 꿈에서까지 나타났을까 싶어 아직도 떨고 있는 두 손을 펴서 장군이의 두 눈을 어루만진다.

"그려. 꿈처럼 될 거여. 그려, 그려. 근디 장군아. 꿈에서는 그 할아버지도 항아리도 그 자라도 다 보였던 거여?"

"예, 꿈에선 다 보였어요. 그 편지에 쓴 글자만 보이지 않았어요.

아무튼 꿈 그대로 됐지요? 맞지요? 열두 시도 지났잖아요."

꿈은 상상과 같은 것이었다. 상상한 대로 보였고 간절히 바라는 것은 현실과 너무나 같았다. 허황하다 하여 상상을 하지 말라고 할 수 없는 노릇이요, 기대하고 소망하는 일이 꿈에라도 나타나는데 꿈을 꾸지 말라고 할 수도 없는 노릇이다.

"응. 긍께 가만 좀 있어보랑께. 엄마도 흥분이 가라앉질 않어. 긍께 자라 대신 김밥이니 반절은 맞고, 그럼 반절은?"

"아뇨, 아니에요. 완전 다 맞혔어요. 자라는……."

거기서 말을 멈췄지만, 내가 이어서 말할 수 있을 것 같았다.

"그 아저씨?"

"좋은 사람인 것 같다고 했잖아요. 맞아요, 엄마가. 반절은 맞혔고 남은 반절은 앞으로 맞힐 거예요."

"그래, 그려. 그러믄야 얼마나 좋겠냐. 아니 그렇게 될껴, 그럼 그럼."

믿어보는 것이다. 믿는 동안은 믿고 싶은 것을 간직하고 있는 것이니. 아들이 저리 믿는데 엄마인 내가 믿어주지 않으면…… 사람이 어떻게 대신 눈이 되어줄 수 있단 말인가, 하고 고개를 젓다가 내가 장군이 눈이 돼준다고 했던 말을 떠올린다.

"그려, 가능한겨. 가능혀당게."

믿어보는 게 아니라 이젠 믿는다. 아무리 지은 얘기지만 심봉사도 눈을 뜬 역사가 있고 우리에게 그런 법이 없으란 법도 없는 것이다. 팔자? 그 따위 팔자는 타령만 하면 된다. 타령은 노래다. 노래 한 번 질러대고 끝내면 되는 일이다. 팔자에 묶여 아들까지도 그 팔자로 살게 할 순 없다.

"장군이가 그랴서 열두 시 열두 시 행거구만. 참고 지켰으니 꼭 꿈대로 될 거니께."

"예, 엄마. 참을 인을 다했으니까요."

"장군아, 우리 식기 전에 따뜻헐제 어여 김밥부터 먹을까? 고맙습니다 하고, 감사히 먹겠습니다 하고……."

"고맙습니다, 할아버지. 감사합니다, 아저씨."

쩝쩝쩝, 소리내어 먹는 소리가 더 맛나다. 바나나우유도 꺼내 따주니 이거 바나나우유 맞지요, 맞추며 또 좋아 웃는다.

"그렇게 좋아?"

"예, 예."

다 사라져서 아무 것도 남은 게 없는 줄 알았다. 하지만 내 이름이 남아 있고 그걸 기억해주는 누군가가 있고 꿈도 꾸고 꿈도 맞혔다. 늘 나는 이랬으니까, 부정적인 말로 그 지겨운 팔자를 받아들이고만 살아왔다. 늘 그랬으니까. 또 스물스물 기어나온다. 그 아저씬 다신 돌아오지 않는 이벤트 같은 거야. 내 이름을 돌려주고 간 것만으로도. 장군이 꿈에 사라진 할아버지처럼 또 사라지고 말 거야. 나한테 무슨 그런 행운이…… 그러다가 맛있게 김밥을 먹고 또 맛나게 우유를 마시는 아들을 보니 이럼 안 돼, 이럼 안 돼, 내 아들만은…… 고개를 저어 나쁜 생각을 떨쳐낸다. 이번만은 은근히 기대도 된다.

"엄마, 자라마을로 가면 그 아저씨가 계실 거예요."

장군이의 희망에 다시 덜컥 가슴이 내려앉는다. 나처럼 또 그 희망이…… 또 고개를 저으면서도. 네가 말한 끔찍하다는 희망이?

고향 어르신들께 인사하고 돌아서면 다신 찾을 것 같지 않은 고향으로 향한다.

　"엄마, 지리산에 또 언제 올까요?"

　지리산을 떠나며 장군이가 아쉬워한다. 언제?

　희망하니 절망이 있고 절망하니 희망도 있다. 거듭되면 허망이 쌓인다. 희망하면서도 허허 웃는 건, 절망하면서도 허허 웃는 건…… 그래서 허망이다.

　'자라마을에 가면 그 아저씨가 계실 거예요.'

　우리가 없었을 때도 거기 있었던 사람일 테니 가면 있을 것이다. 그러니 뭐가 달라질 건 없다. 내 이름을 기억해주고 있다는 것에 감사하단 말만 하면 끝인 것이다. 어쩌면 옛 친구 하나 만나는 것 그 이상 무엇이 되겠는가. 친구라지만 스쳐가면 또 끝이고 말 것이다.

덤덤하고 담담한 게 아니라 그 뿐인 것이다. 그런데…… 앞을 못 봐 늘 조심스럽다 보니 찡그려서 남들에겐 험상궂어 보일 수도 있을 장군이의 얼굴이 마냥 싱글벙글이다. 세상은 야속해서 검기까지 한 얼굴이 하얀 이를 드러내고 웃으니 더 희고 더 맑다. 희망이리라. 그 아저씨 좋은 분 같아요. 꿈도 꿨다. 꿈도 맞혔다. 앞을 못 본다 하여 마음마저 볼 수 없겠는가. 눈 먼 대신 귀가 더 밝아졌듯이 마음으론 더 더 잘 보일지도 모른다. 그럴수록 희망을 더 키우고 있을 터, 이를 어찌지 싶다. 다시 그 생각이 고개를 든다. 그 아저씨가 자라마을에 있다 한들.

김밥 네 줄은 자리에 앉아 둘이서 한 번에 먹기엔 많았다. 우린 걸으면서 한 입에 먹기 좋게 칼질 된 김밥을 하나씩 쪼개 먹는다.

"김밥 맛있제?"

"예. 걸으면서 먹으니까 더 맛있어요. 밥상에서 먹는 밥하곤 달라요."

"엄마가 김밥을 잘 마니께 자주 해줘야겠구먼."

"예. 그 아저씨가 김밥을 만 건 아니겠지요?"

또 그 아저씨. 또 그 기대, 희망.

"엄마, 나도 김밥 마는 거 엄마한테 배워 전철에서 팔까요? 아, 여긴 전철이 없지?"

이제 공짜로 받는 봉헌은 싫다나.

"엄마도 해드리고 그 아저씨한테도 갚아야지요. 그래야죠? 엄마."

나는 못 본 꿈에 나타난 그 흰 옷에 흰 수염을 길게 늘어뜨렸다는 할아버지가 떠오른다.

"꿈에 그 할아버지 말여. 흰 수염 말고 생각나는 건 없어? 일테면 말여. 눈썹이 검댕이마냥 굵고 검다든가 코 옆에 검정콩매냥 큰 혹이 붙었다든가 이런 거 말여."

장군이가 소리내어 웃는다.

"혹부리영감, 아니 혹부리 할아버지?"

고개를 젓는다.

"얼굴도 하얬어요. 주름도 하나 없고…… 아, 그 아저씨가 늙으면 꿈에서 본 그 할아버지처럼 될 것 같아요. 맞아요, 그랬어요."

그 아저씨, 그 아저씨 하기에 신경을 다른 데로 바꿔보겠다고 말을 돌린다는 게 혹을 하나 더 붙이고 만다.

"장군아. 그 아저씨 만나면…… 그래. 나중에 김밥허구 바나나우유허구 두 배로 갚아드리겠다고 허자. 팔인분으로 말여. 지금 당장은 아니더라도……."

이러면 계산도 끝나고 꿈도 희망도 끝내게 될 줄 알았다.

"엄마, 내 눈이 돼준다는 건요, 지팡이가 되어주는 것이고요, 음 그렇지. 그 강아지 있잖아요. 장님 앞에서 길을 안내…… 네, 안내견요. 그런 걸 거예요. 지팡이도 안내견도 늘 같이 붙어다니잖아요. 같이요."

걷던 발을 멈추고 돌아선 나는 장군이 앞에 오금을 접고 앉아 두 손을 맞잡는다.

"장군아, 잘 들어. 잘 들어야 혀. 지금 엄마가 하는 말을. 안내견은 늘 붙어지내지? 이건 같이 살아야 한다는 말여. 근디 그 아저씨는 어제 처음 본…… 그려. 애들도 있을 거구 아저씨 아줌마도 있을 거여. 그치? 그런디 장군이와 언제나 붙어서 살 수 있간디? 그치 않여? 꿈에서 본 할아버지도 훌쩍 떠나셨다고 혔지? 남은 다 그런 거여. 엄마 같진 않다는 거여. 알제? 꿈은 꿀 때 좋고 깨어나서 생각할 때까정만 좋은거. 그것도 없으면 사는 게 힘등께 꿈이라도 잘 때만 꾸는 거지. 잠잘 때만. 깨어나서도 자꾸 꿈 생각허면 힘들어지는거. 이걸 알아야 한다 이거여. 아직 장군이가 어려서 그러는 건디, 그래서 아이들만 더 많이 꿈을 꾸는 거지. 새처럼 하늘을 난다거나 괴물이 나타난다거나 덩치 큰 호랑이 같은 짐승도 이기고……. 그게 진짠 아니제? 꿈이라도 꾸면 신나는데, 엄마도 힘들 때마다 꿈을 꿨당께. 꿈은 힘들어도 살게 해주는 것이여. 꿈도 없으면 다 죽게? 엄마도 이렇게 살아서 장군이도 만나고 고향도 오구 지리산도 가구 헐 수 있었던 거지. 안 그러면 힘들어서…… 장군아, 꿈은 그만치만 혀자. 기분 좋다, 이 정도만 혀자. 그런 게 꿈이니께."

길게 말을 하는데 힘들다. 꿈, 희망을 갖지 말아라, 꿈을 꾸지 말아라……. 꿈과 희망을 죽이는 것 같아서였다. 눈물도 맺지 못하는 두 눈을 비비며 훌쩍거린다.

"엄마, 엄마 만나던 날 그 전 날도 꿈을 꿨어요. 어제 꿈에 나타나신 그 할아버지였어요. 그땐 내 손만 잡아주시고 가셨어요. 아무 말도 없이요. 할아버지 손이 난로처럼 뜨거웠어요. 엄마를 만날 거라는 말씀은 안 하셨지만 그 말씀하시려고……. 근데 그 할아버지가 또 나타나셔선 이번엔 선물도 주고 말은 하지 않으셨지만 편지…… 항아리가 대신 말해줬어요. 할아버지는 사라지셨지만 또 나한테 나타나실 거예요. 분명히요."

39

굿은 마음 없어지고
착한 마음 돌아오고
걱정 근심 없어지고

힘들 때면 꿈을 꿨단 얘기는 방금 내가 지어냈을 뿐이다. 꿈에라도 뭐든 나타나면 좋겠다고 했지만 나는 꿈도 잘 꾸질 못했다. 그러니 힘들 때마다 덴동어미를 중얼거렸고 그것으로 위안을 했다. 굿은 마음을 착한 마음으로 눌러 다져야 했고 걱정 근심을 그렇게라도 떨쳐내야 했다. 그러니 아직 살아있는지도 모른다. 이번엔 장군이에게 들려주지 않았다. 내 입 안에서만 우물우물 중얼거렸고 여러 번 하다 보니 가슴이 싸해진다. 아들까지 어미처럼 가슴을 짓누르며 살게 할 순 없는 일인데, 또 내가 어쩔 수 있는 게 없다.

"그려, 또 나타나실 거야. 흰 옷에 흰 수염 할아버지가 말여. 얼굴까지 허연 할아버지가 말여."

아들의 꿈으로 믿고 싶고 아들 꿈은 나와는 다르지, 달라야지 하며 진심으로 다시 나타나시길 바라본다. 내 꿈에도 나타나시길.

"예. 엄마, 그 할아버지가 세 번째 오시면 내가 가지 마시라고 꼭 붙들 거예요. 그 뜨거운 손을 안 놓을 거예요."

38

큰 밤나무 두 그루가 보인다. 어릴 적 우리집 뒷마당의 그 나무들이다. 길 따라 오른쪽으로 꺾어 돌면 그 집 대문이 나온다. 우리집이래 봐야 어린 기억으로 2~3년이 고작이다. 아름답고 예쁘고 사랑스러운, 무엇보다도 애틋한 기억은 전혀 없는 집이다. 오히려 죽어라 일은 했어도 수시로 매를 맞았던 지긋지긋한 추억이 어린 집이다. 하지만 이젠 그나마도 우리집이 아니다. 오른쪽으로 발길을 돌리지 못하고 왼쪽 다른 길을 택한다.

"조금만 더 걸으면 낮은 산이 나올겨. 그 산은 말여."

백제산이라고 우린 불렀다. 소나무가 무성하고 진달래꽃이 많이 피던 산. 진달래가 지고 나면 비슷한 철쭉이 또 폈다. 그 산엔 백제 때 무덤이 있었다. 배째실라고, 구려? …… 우스갯소리로 삼국의 세 나라 이름을 학교 다니는 오빠언니를 따라 무조건 외웠던, 그 배째가 아니라 백제의 무덤들이었다. 일본사람들이 이 산을 발견했다 는데 이 산을 찾아온 사람들은 고향사람들에게 오꼬시라는 딱딱한 일본과자와 센베라는 바삭한, 역시 일본과자를 두 손 공손히 모아 건네면서 '소센노쿠니'라 하곤 했단다. 이 일본말은 '조상의 나라'라 는 뜻이었다. 동네꼬마들은 어른이 돼서도 듣기에 비슷한 '조선의 무엇' 정도로 알고 있는 사람도 많았다.

"엄마가 장군이보다도 더 어렸을 때 잠이 안 오면 몰래 나와서 앉 았다 오던 곳이었제."

사실은 매 맞은 데가 아파서 잠을 잘 수가 없었다.

"바닥에 꿀풀이 잔뜩 깔렸는디 그걸 따서 입에 물고 쪽 빨면 단맛 이 나서 좋고 쪽쪽 빨아대는 재미도 있고, 그래서 입술이 따갑도록 빨아먹은거. 참말로 달았당께."

이러면서 밤을 꼬박 샌 적이 많았다.

"꿀풀이 여직도 있나 우리 보러 갈까?"

하나도 없다. 이미 따먹은 게 아니라 아예 풀조차 없다. 이마저도 바뀌었다.

"또 있제. 저기…… 아직 남았구만. 엄마가 무동 태워줄 텡께 튼 실한 거 하나만 따볼겨?"

흰 아카시아꽃이다.

"엄마, 저건 어제 먹은 그 꽃이지요? 아카시꽃요."

코로 보았나 보다.

"그려, 저 꽃이었제. 어제 먹은 그 꽃튀김, 맛있었제? 봄이 올 때마다 우리도 튀겨먹자 아카시아꽃. 지금은 세상이 좋아져서 기름도 많응께 아카시꽃도 튀겨서 먹는가 본디, 엄마 어릴 적엔 튀길 기름이 어데 있었간디? 잔칫날이나 명절 때 전 부칠 때나 쪼께. 고향사람들은 입맛으로도 먹고 재미로도 먹고 그랴. 지금도 그러제?"

"예. 고향사람들은요."

장군이를 어깨에 올려 아카시아꽃을 따게 한다. 이렇게 먹는 거라며 시범을 보이려는데 이미 쪽 소리가 난다. 아이들은 무엇에나 빠르다. 아이가 고향이다. 고향이 아이다.

"엄마, 우리가 꿀벌이 됐어요."

"그려? 정말 그렇게 됐구만. 헌다고 침을 쏘면 안 되는 거여. 따가운게."

하하하 웃는데 백제산이 울린다. 장군이는 저렇게 늘 웃고 살아야 하는데. 빨아먹어 흰꽃은 다 떨어지고 남은 잎으로 가위·바위·보 하며 이파리따기 놀이도 한다.

고향마을로 들어서기가 겁이 나기도 해서 시간을 벌고 있는 건 아닌가. 미룬다고 미뤄지는 것도 아니건만. 사람이 뛰어올라오는

발소리가 들린다.

"동생, 일루 올라가는 걸 보고 달려왔지."

어제 장군이 형이라고 했던, 그 통통하고 키도 큰 사내아이였다. 다른 아이들도 뒤따라왔고 한 여자아이가 바구니를 내민다.

"쑥버무리야. 엄마가 갖다주라고 했어. 근데 오늘 내내 안 보이더라."

배고프던 시절, 배를 곯아야 했던 그 시절, 그 배를 채우려 하니 지천에 깔린 쑥도 먹을 게 됐다. 쑥만 먹으려니 쓰고 배도 부르지 않았다. 배급 받아온 밀가루에 딴 쑥을 넣어 비벼내던 그 쑥버무리를 다시 보다니. 먹을 게 많은 세상이 됐지만 고향에선 배를 주리던 시절의 추억도 이젠 주식이 아니라 간식 재미로 먹는다. 한 입 문 장군이가 바로 맛평을 내린다.

"엄마, 쑥향이 나요. 떡이 이렇게 부드럽고 향도 좋고…… 정말 고향엔 서울보다 더 먹을 게 많은 것 같아요. 고향에 정말 잘 왔어요, 엄마. 정말요."

어떻게든 눌러 살게 만든다. 장군이가 이렇게 좋아하는데. 친구들도 저 앞에 저리도 많이 생겼는데. 그런 친구도 없고 안아준 사람이라야 엄마 말고 저 형이 처음이라는데. 쑥버무리를 가져온 그 여자아이다.

"엄마가요. 점심때가 지났는데 어디 가셨냐고 걱정하셨어요. 식사 같이하려고……."

울컥 가슴에서 치고 올라오는 고마움과 감사함이 순간, 멈칫한다. 또 이젠 내가 왜? 그 아저씨의 딸?

37

이젠 먹을 만큼 나이도 먹었고 별의별 힘들고 궂은 일들을 겪다 보니…….

해도 해도 길고 길면
실컷 놀고 가지마는
해가 해가 짧디짧아
이내 그만 해가 지니

수없이 붙을 대로 붙은 포기와 체념의 세월이 도통한 척을 한다. 달관인 양 흉내를 낸다.
'그려. 내 팔자에 무신.'
하지만 장군이를 보는 순간 이러면 안 되는 거라고, 고개를 젓고 또 저어댄다.

"목사님도 오셨어요. 우리 삼촌 결혼한대요. 일본아줌마하고요."

또 그 여자애였다. 두 줄로 곱게 땋은 머리를 뒤로 넘겨 더 앙증맞은 고향처럼 생긴 계집애다. 장군이가 볼 수 있다면 더 좋아할 텐데…… 바람이 부질없이 스쳐지나간다.

"이름이 뭐니? 난 장군이야."

장군이의 다른 모습이다. 말을 먼저 걸다니…….

"장군이? 이름 멋진데. 난 운주야. 화순이란 곳에 운주사라는 절이 있는데 엄마 아빠가 거기서 데이트하다가 나를 낳았대."

"절에서?"

볼 수 없어도 얼마든지 말을 나누고 맘을 나눌 수 있다. 곧 내려가겠다 하고 동네 아이들을 먼저 내려보낸다.

"내 나이쯤 될 듯하고 목소리도 참 예뻐요. 나를 병신으로 보진 않잖아요."

병신? 이런 말을 장군이가 한 건 처음이다. 더 느꼈으리라. 더 아팠으리라. 더 벗어나고 싶었으리라. 예쁠 그 여자애 앞에서. 장군이도 이를 알아차렸는지 바로 다른 말을 한다.

"목사님이 오시는데 왜 결혼하지요?"

나도 이상하단 생각은 들었다.

"그러게 말여. 서울도 아니고 시골에서 일본여자? 딴나라 여자가 살러 오겠다는겨? 일본으로 가겠다는겨? 이상허긴 허네."

이상한 건 더 있다. 일본여자란 말에 또 아버지가 했던 말이 떠올라서다.

"일본시대라면 팔아먹기라도 하지."

내가 일본여자가 될 뻔했던 얘기…… 엄마는 처음이자 마지막으로 아버지에게 대들었다.

"딸을 팔아서 술 사드시려고요?"

그날 엄마는 아버지에게 내가 맞은 것보다 더 많이 맞았고 밤새 나를 끌어안고 울었다. 내가 엄마를 안아준 건 그때가 처음이고 그것도 마지막이었다. 다음날 엄마는 나를 데리고 남원역으로, 그리고 서울로 향했다. 가는 내내 속엣말을 우물거렸다.

'남에 손이 더 나을 수 있어. 더 데리고 있다간 못 볼 짓 더 볼 것잉께. 더 데리고 있다간…….'

서울역 앞에선가 내 손을 잡았지만 내 눈을 피하며 이 말을 했다.

"내 딸 이름은 청이가 아니라 지영이여. 양지영이여. 잘 기억해둬야 한다. 청이가 절대 아니여."

나는 그때까지 청이라고 불렸다. 아버지가 부르는 이름은 명청이였다. 아버지는 남들에게도 이 이름을 강요했다. 엄마가 청으로 바꿔 불렀다. 엄마가 태어났고 친척들이 살고 있는 곡성에선 심청이

이야기를 많이 했다. 멍청이를 심청이로 생각하고 엄마는 나를 불렀다.

'멍청이긴. 심청이지. 복덩어리 심청이.'

"지영이는 말이다. 뛰어난 사람이 되라는 뜻잉께 내 딸은 이름처럼 될겨. 긍께 지영이지 청이가 절대 아닌 거 알제?"

뛰어난 사람이 되라고…… 오래도록 잊지 못했으나 틀린 이름이라며 내 기억을 억지로 지우려고 했다. 하지만 그 이름마저 내 뜻과는 무관하게 사라져버렸고 남들에 의해 또 다른 이름으로 불렸다. 나는 이름으로도 남의 손 안에 있어야 했다.

"이름이 뭐니?"

네 엄마가 내게 물었다.

"지영이에요. 양지영."

너희 집에 간 첫날, 내가 네 어머니에게 자신 없게 대답했다. 누군가 옆에서 깔깔깔 웃어댔다. 고개를 숙이고 있어 못 봤지만 아마 네 오빠였을 것이다.

"지영이? 지영이라고?"

네 오빠는 계속 지영이래 지영이래 하며 나를 놀려댔다. 나중에 안 일이지만 나를 놀려댄 게 아니었다. 그뒤 이름은 또 바뀌었고,

귀하고 천함을 태어날 때부터 알고 나온 듯 본능처럼 비교를 하고 있는 나에게 귀한 이름으로는 절대 여겨지지 않는 새 이름으로 그 뒤 사십 년을 살아야 했다. 너도 아직 그게 내 본명인 줄 알고 있을 것이다. 네 이름과 같다는 이유 하나만으로 내 이름은 버려졌고 바뀌었다. 다 남에 의해서. 나는 남이 지어준 그 이름대로 남에게 그저 일만 해주고 쫓겨나는 하찮은 삶을 살아야 했다.

아들의 이름이 더 부르고 싶다.

"장군아."

"예, 엄마."

"장군아, 우리도 이제 마을로 내려가봐야 허겠지?"

36

그래도 아주머니는 내겐 어머니였다. 그렇게 생각하라고 너희 어머니께서 내게 그랬지만, 내 마음에선 처음부터 이미 어머니였다. 그런 어머니도 네 아버지가 미국에서 돌아오시고 난 뒤부터 바뀌셨다. 바뀌는 건 참 쉬워서 아침식사로도 하루아침에 변했다. 나는 이 것부터 둔해서 그저 쌀밥만 먹어야 했고, 그 좋다는 서양식 토스트는 아직도 입이 껄끄러운 데다가 배도 부르지 않았다. 그게 간식이지 밥은 되지 않았다. 간식으로도 난 아직 잘 먹지 못한다. 밥 하나로도 변해야 하는데 변하지 못한 내가 우둔하고 우직해서 옛날 그대로 변변찮게 살아온 것이겠지. 마을로 내려가면서 묻는다.

"장군아, 식빵 먹어봤제?"

"예. 한 번인가 먹어봤어요."

"맛은 어땠어?"

"맛있었어요. 찐빵보다 덜 달고 만두보다 퍽퍽하지만 맛있었어요."

나랑 달라서 다행이다 싶다. 어미는 달라지지 못했어도 아들은 달라져야 했는데 누룽지도 아니고 뻥튀기도 못 되지만 미국빵도 맛있다고 하니 얼마나 다행인지…… 맛이 아니라 변해야 하는 것이니.

"장군이는 나처럼 살지 말아야 헌다."

"예? 엄마가 어때서요?"

•
35

불안은 희망에서 시작된다. 희망이 없으면 불안해할 일도 없다. 좋은 분일 것 같다는 그 아저씨에 대한 장군이의 희망은 '네 눈이 되어줄 거다'라는 아주 구체적일 수 있는 선물을, 손에 잡히는 꿈을 쥐게 했다. 아니야, 고개를 젓지만 장군이의 희망과 꿈은 나에게도 옮겨와 나를 불안하게 한다. 마을로 내려가야 하는데도 자꾸 늦추려는 심사…… 희망과 불안은 같은 것이다. 함께 붙어다닌다. 힘든 일을 넘길 때마다 매번 죄인이 되었다. 궂은 일을 겪을 때도 마찬가지였다.

'다 내 죄가 많아서.'

언제 어디서 어떻게 왜 이런 걸 받아들였는지 모른다. 모르니 자연스러운 것일진대 어쩌면 극복의 수단 방법쯤으로 여겼을 수 있다. 이러면 오히려 편해졌다. 솔직히 편하기야 했겠는가. 어쩌겠는

가. 또 어차피 살긴 살아야 하는 거니까. 죽을 만큼 힘들어도 죽을 순 없는, 자신을 죽인다는 건 견디며 사는 것보다 더 큰 죄가 됨을 알고 있어서다. 더 나은? 그런 거 없다. 더 나아질 거라는? 죽음에 대한 겁이 없어질 때도 있었지만 그래도 살아있는 것이 그래도 온전한 거라고 착한 마음으로 달랬다. 눈물은 그래서 있는 것이고 화나 분노는 그래서 있는 것이다. 그렇게 하고 나면 다시 산다. 살아낸다.

죄마저도 내가 내 손으로 저지르지 못하고 살아왔다. 이것만은 안 된다고 버텼지만 끝내 남의 손에 이끌려 죄를 짓고 말았다.

"너, 애 낳아서 또 꼭 니 꼴로 키울래?"

아주머니의 손에 끌려 병원까진 갔지만 수술대로 오른 건 내 몸뚱아리, 내가 스스로 올려놨다. 뱃속의 애도 생명이 있다는 건 나도 잘 안다. 뱃속에서 꿈틀거리는 그 움직임은 살아있다는 것이다. 느꼈다. 뱃속의 생명을 느꼈다. 그 생명은 바깥의 나에게도 손짓을 했다. 더듬고 두드리고…… 떼어내고 나니 텅 빈 내 뱃속에서 또 느꼈다. 생명이 사라졌음을. 한 생명을 내가 죽였음을. 비어버린 뱃속에서 다시 짚어보는 그 움직임은 살려달라는 몸부림 절규였다. 그것을 결국 내가 외면하고 말았다.

'또 꼭 니 꼴로 키울래?'

그 니 꼴, 내 꼴로도 살지 못하게 죽이고 말았다. 잘 알지 못했지만 죄 많은 인생에서도 분명한 죄, 내가 저지른 죄만은 확실히 알 수 있었다. 아주머니를 탓한 적은 한 번도 없다. 지금도. 그 후론, 남에게든 나에게든 죽음은 가장 무서운 형벌이 되었다.

'다 내 죄가 많아서.'

애매하기만 했던 그 죄명은, '인간으로서 해선 안 될 죄를 짓고 말아서'라는 죄명으로 구체화되었다.

그 일은 어떻게든 내가 막았어야 했다. 그러나 막지 못했다. 죄마저도 남의 손아귀에 내줘야 했던 내겐 나라는 존재는 없었다. 그 죗값을 치르는 건 다 내 몫이었다.

산에서 내려와 시멘트로 반반하게 닦인 길을 걷다가 장군이가 앞으로 넘어질 뻔했다. 이런 반질반질한 길에도 어디서 굴러왔는지 갈 길을 방해하는 돌이 있었다. 흙속에 박혀 있진 않았지만 비켜서지 않는 꿋꿋한 돌은 같다. 장군이의 어깨를 잡으면서 네 눈은 못 되어줘도 네 손발은 되어줄 수 있는 내가 옆에 있으니…… 이에 감사할 뿐이다.

눈이 멀지 않았다면?

나는 뱃속에서 칼로 지워버린 아이처럼 낳은 아이까지도 영원히 볼 수 없었다. 불행을 감사히 여기다니…… 아이를 낳은 엄마가 제 자식에게 젖을 물려줄 수 없었던 죄. 역시 내 능력이나 힘하곤 전혀 무관했다. 결국 또 내가 죄를 짓고 말았고 그 죗값은…… 네 옆에 엄마가 있어주니 고맙고 감사하다…… 내게로 와준 것으로도 고맙고 감사하다. 죗값은 이렇게도 치러지고 있다.

"괜찮아요. 엄마가 있으니 더 괜찮아요."

내가 지금 네 곁에 없었다면? 절로 허리 굽혀 감사하고 감사해한다. 이러니 더 있어야 하는 나. 거무잡잡하고 찡그린 듯한 얼굴이 싱긋 웃는데 가슴이 불꽃처럼 뜨거워진다. 그래서 사는 거야. 이래서 살아야 하는 거야.

옛날 우리집, 그래도 계셨어야 하는 어머니가 없는 어릴 적 내 집 앞을 이렇게 다시 얻은 아들과 함께 지나고 있다. 흘끗 그 집 대문을 쳐다보며 가파른 언덕길을 내려가는 나는 장군이 손을 더 꼭 잡는다. 그래 이런 거야. 어렵고 힘들 때 손을 더 꼭 잡아주는 것.

'내가 아들에게 짐이 돼서는 안 되는데.'

늙은 군인과 도망갔다는 엄마를 헤아려줄 마음은 없다. 그래도 있어줬다면, 그래도…… 이쁜이다. 나만 안 그러면 되지. 이게 내겐 힘이고 능력이리니.

앞을 보고 올라오는 게 아니라 땅을 보며 지팡이를 짚고 오는 꼬부랑 할머니 손에 호미와 대바구니가 들려 있다. 족히 여든은 돼 보이는데 저 나이에 밭일을 하러 갈 힘은 어디에서 나올까. 나에겐 남보다 더 일 잘하는 능력을 주지 않았던가. 고향에선 내 땅이 없어도 내가 할 일이 있을 것만 같았다. 희망 중 불안이 지워진다. 손수 씨를 뿌려 키운 옥수수를 화톳불에 구워 장군이에게 먹일 수도 있을 것 같다. 공짜 장작이야 산에 넘쳐날 터이고. 나무 해오기는 내 어릴 적 특기 중 하나였으니.

"안녕하세요, 할머님."

땅을 짚는 지팡이 소리로 알았는지, 땅에 끌리는 고무신 소리로 알았는지 할머니인 줄 알아맞춘다. 더구나 장군이의 얼굴이 더 밝아져 있다. 목소리에 자신감이 섞였다.

34

"이 집에 살았었다고?"

"예."

살던 내가 아니라 살지 않은 장군이가 씩씩하게도 대답한다.

"소 씨네가 살기 전인감만. 양 씨, 맞제?"

개울에서 죽은 양 씨, 아버지에 대해 알고 있었다.

"나도 그 난봉한테 여러 번 맞았었지. 양 씨들이 다 그렇듯이 양처럼 사람은 좋은디 술만 마시면 개차반이 돼갔고. 하기사 하루 종일 취해 있으니 사람이 원래 좋다고 할 순 없지만서두. 양 씨에겐 그런 사람은 없는디 어데나 별난 인간이 있응게. 끝내 그 술 땜에 죽은 거 아녀."

장군이가 계속 듣게 할 말이 못 됐다. 고개 숙여 인사하고 지나치려니 또 생각이 났다며 어머니 얘기를 꺼낸다.

"광주에서 팔자가 신작로만치 확 폈다는디 고향 한 번 찾지 않네. 그래도 그 딸이라고 찾아왔응게. 어서 내려가봐. 마을회관에 먹을 것을 진즉에 준비해두는 것 같던디."

고향이라도 있응께 찾을 데라도 있능거, 하며 가파른 언덕을 거의 땅에 붙다시피 기어오른다.

"엄마, 팔자가 신작로만치 확 폈다는 게 무슨 말이에요?"

살기 좋아졌다는 말을 내 입으로 하려니 모래를 씹은 듯 설익은 땡감을 씹은 듯 껄끄럽고 떫다. 고향만 찾지 않은 게 아니었다. 이름을 꼭 기억하라던, 뛰어난 사람이 되라는 뜻도 절대 잊지 말라던 어머니건만, 세월이 하도 지났으니 잊었겠지, 이해하며 더 생각을 말자 한다. 이사 갈 곳을 알려주지도 않고 아파트로 이사 간 뒤 사람이 확 달라진 아주머니, 네 어머니를 내 어머니로 떠올린다. 그렇게 달라지게 하는 게 세월인지 아님 사람인지…… 사는 형편 달라졌다 하여 달라지게 만들면야 달라지지 않은 것만 못한 게 아닌가. 좁은 소견은 이런 생각을 한다.

"응. 장군이가 좀 더 크면 저절로 알겨. 세상엔 저절로 알게 하는 것들이 많거든. 이런 건 말여, 빨리 알아서 좋은 건 없승께. 알제?"

"예, 엄마. 저절로……."

자라우물을 지나 곧장 마을회관으로 가려는데 오른쪽 길에서 또 귀신 같은 그 소리가 들려온다.

"으으으으…… . 지……어……엉."

도대체 무슨 소리? 마음 속에서 말도 다 끝내기 전에 그 쪽지가 생각났다. 지영 씨지요. 양지영. 지엉은 지영? 이런 생각이 미치자 뒤를 더 돌아볼 수도 없었다.

"엄마를 부른 거예요."

장군이도 이때 알아차린 건지, 이미 알았던 건지.

"아저씨, 고마워요. 김밥이랑 바나나우유랑 아주아주 맛있게 잘 먹었어요. 감사해요."

"으으으으…… ."

인사는 해야 할 것 같고, 또 언젠가 한 번은 마주쳐야 할 일이고 해서 나도 돌아서서 고맙다고 목을 숙였다. 슬쩍 보았지만 도저히 알 수 없는 얼굴이다. 그 자 뒤로 키가 크고 옅은 회색 양복을 입은 또 다른 아저씨가 따라오고 있었고, 아까 언덕길에서 마주친 꼬부랑 할머니만큼은 아니어도 땅으로 허리를 굽힌 할머니도 따랐다. 백제산에서 우리에게 쑥버무리를 준 그 예쁘장한 여자애가 할머니 손을 잡고 걸어온다.

"목사님, 그럼 더 잘 부탁허겠습니다. 잘."

키 큰 중년의 남자는 목사고, 그럼 계집아이의 삼촌은? 더 생각하기도 전에 목사가 할머니의 두 손을 잡는다.

"칠년 걸린 일입니다. 참부모님이 아니셨다면 절대 불가능한 일이지요. 여기 사정을 일본에서 더 잘 알고 있으니 걱정은 더 하지 않으셔도 됩니다. 올가을입니다. 아시죠?"

굽은 허리를 더 구부리며 굽신거리는 할머니가 고맙다고, 고맙다고, 감사하다고, 감사하다고 끝날 줄 모르는 인사를 한다. 목사가 우리에게도 목례를 하곤 봉고차로 가서 차를 몰고 마을을 빠져나간다. 그때까지도, 차가 보이지 않는데도 할머니는 연신 절이다. 무엇이 그리도 고맙고 감사한 건지.

"엄마, 어제 온 그 친구야. 우리 친구하기로 했어."

뒤에 곧 나타난 젊은 아낙에게 그 아이가 달려간다.

"친구?"

신경질이 잔뜩 담긴 쭉 편 팔로 딸을 끌고 돌아선다. 우리에게 쑥 버무리를 갖다주라 했다던 그 여자의 행동. 엄마손에 끌려가면서도 뒤돌아보는 그 여자애가 자유로운 한 쪽 손을 들어보인다. 그 모습이 보였다면 같이 손을 들었을 텐데…… 장군이의 긴장한 듯 팽팽한 얼굴이 그 애가 사라진 곳을 향한 채 그대로 서 있다.

"그만 가자, 장군아."

"ㅇㅇㅇㅇ……."

그 자가 고개를 좌우로 흔들어댄다. 뭐가 아니라는 거야? 나를 잘 못 봤다는 건가? 그럼 그렇지. 오히려 잘 된 거야. 망상은 짧을 수록 좋은 것이다. 장군이가 그냥 벗어나질 못한다.

"아저씨. 엄마가 김밥 싸서 갖아드릴 거예요, 꼭요. 엄마김밥, 얼마나 맛있는데요."

나는 한 번도 장군이에게 김밥을 말아준 적이 없다.

"야가 거짓말을 혀. 그럼 못 쓰는겨."

내 얼굴이 왜 붉어지는지 한참이 지나도 그 이유를 알 수가 없다. 세탁소 그 청년을 만날 때도 이러진 않았다. 가슴이 콩당거리긴 했어도 얼굴을 붉힌 적은 없었다. 붉어져봐야 검게 그을린 얼굴에 티날 리 없었겠지만 화끈대는 느낌에 불같이 붉어졌을 내 얼굴이 짐작된다. 회관에서 늦은 점심을 먹은 후에도 불현듯 또 얼굴에 불이 지펴진다.

33

식사 중에, 오늘 돌아갈 거냐? 언제 다시 돌아올 거냐? 꼭 다시 와야 한다, 서로들 정이 듬뿍 담긴 한마디씩을 하는데 아무 대답도 못하고 그저 머리를 처박은 채 먹는 흉내만 낸다. 맞다. 척한다. 목으로 넘어가지도 않는 음식이지만 눈을 떼지 않고 수그려 먹는 척을 해야 하는 것은 물어도 대답할 말이 없음이요, 이후를 기약할 것도 없음이다. 장군이가 대답을 한다.

"여기서 살 거예요."

다들 동시에 여기서? 어디서? 하고 난리난 듯 시끄럽다. 혀를 차는 소리도 들린다.

"여기서 살게 해주세요."

장군이의 목소리가 울먹거린다.

빈 집도 없고 살 집도 없고 부모친척 하나 없으니 내줄 방도 없다. 또 그때였다.

"으으으으…… 으으."

그가 손을 들어 뒤쪽 어딘가를 가리키는 듯하다.

"운주삼촌이 여긴 언제 왔다냐. 어여 가. 있을 데가 아닝게. 곧 새 신랑 된다며? 어여."

"아저씨!"

장군이가 큰 소리로 운주삼촌인가를 부르는데 애원조다. 아저씨 만 불렀는데도, 여기서 살게 해달라고 하는, 간절함이 묻어 있다.

더 이상 앉아 있을 수가 없어 장군이 손을 붙들고 일어나려 했다.

"가자, 장군아."

"으으으으……."

할아버지 한 분이, 오늘은 늦었으니 여기서 한 밤 더 자고 생각해 보자 한다. 또 으으으으…… 한 단어로만 말하니 더 그렇게 들렸겠 지만 애끓듯 애달게 들린다. 그것은 우리를 붙드는 소리로 들렸다.

그때 네 아버지가 떠올랐고 내 아버지와도 비교가 됐다. 부부싸 움을 하면서도 집안일에는 관심이 없으니 참견도 않고 담배만 물고 침묵하던 네 아버지와 술 마시면 딸과 아내를 부려먹지 못해 안달 하고 걸핏하면 매질인 내 아버지가 다른 게 무언가. 불쑥 이런 생각 이 들었다. '으으으으' 저 소리가. 무슨 뜻인지는 전혀 모르지만 말

169

하려는 사람의 확실한 의지가 느껴져서다. 그 분명한 의지란 여기 있으라는 말로 들렸다.

일단 하루 더 머물기로 하고 상을 치우기 시작하자 설거지는 내가 하겠다고 했다.

"오늘은 손님여. 쉬고 있어. 손은 많응께."

손님? 고향에서도 손님이 돼 있다. 믹스커피를 내오는 할머니도 계신다.

"장군이라 했제? 이름이 멋지구만. 그려, 장군이는 뭘 마실껴? 달짝지근한 요구르트가 있는디 괜찮여?"

커피를 마시고 요구르트도 야금야금 아껴 마신 한참 뒤 꼬마 운주와 운주삼촌이 회관문을 드르륵 열고 안을 들여다본다. 운주가 들어와 내게 작은 쪽지 같은 종이 한 장을 내민다. 육모정 김밥 안에 들어 있던 그 쪽지와 같다.

"삼촌이 쓰신 거예요."

하며 장군이에게로 다가간다.

"뭐라 썼냐면? 우리집에서 살래. 우리집은 삼촌집이야. 삼촌집에 방이 많거든."

뒤따라 다른 사내가 들어온다.

"형, 왜 이래. 왜 이러는 거야? 오늘같이 좋은 날. 집에 가자. 집에 가서 다시 얘기하자, 응, 형!"

운주삼촌을 데리고 나간다. 운주도 어서 나와, 하는 걸 보아하니 운주 아버지 같다. 운주가 문밖에서 다시 그 작은 얼굴을 내밀며 "나도 그러면 좋겠어." 방긋 웃음을 지으며 조용히 문을 닫는다. 얼굴이 또 화끈 달아오른다. 가을에 일본여자와 결혼한다는 사람이…… 운주삼촌에 대해 전혀 기억나는 게 없다.

32

졸음이 몰려온다. 하품소리를 들었나 보다.

"옆에 방이 있응께 들어가서 눈 좀 붙여. 주천까지 걸어서 다녀왔다며?"

자고 싶다. 다 잊고 싶다. 집히지 않는 그 애매하고도 얼핏설핏한 희망인지 기대인지도 다 재워버리고 싶다. 장군이와 옆방으로 기어 들어가자마자 잠에 빠져들고 만다. 내가 잠들자 장군이는 운주네로 갔다. 운주가 집앞에서 아이들과 놀고 있었고 툇마루에 앉아 있던 운주삼촌이 보고 반겨 맞는다.

"아저씨는 좋은 분이세요."

자기 가슴에 심는 믿음의 나무 같은 것이리라, 믿고 싶은⋯⋯.

"저도 아저씨의 입이 돼드릴 수 있어요."

운주삼촌이 고개를 끄덕거리며 조끼의 가슴 앞쪽에 달린 주머니에서 볼펜을 꺼내 역시 그 주머니에 있던 작은 종이에다 뭐라 적는다.

　내 집이 있어요. 빈방도 두 개나 있어요.

　"어어……엄……마아."

　엄마에게 갖다주라는 쪽지, 살아도 된다는 승낙을 얻어냈다고 여기며 장군이는 내게로 달려왔다. 꿈도 꾸지 못한 잠, 편한 잠이었다. 깨어보니 앉아 있던 장군이가 그 쪽지를 내민다.

　"안 잔 거여? 이건 뭐?"

　받기도 전에 이제 익숙해져버린 그 종이쪽지를 펼쳐본다. '내 집이 있어요, 빈방이 두 개나 있어요' 글씨도 익숙하다. 아까 받은 쪽지와 내용은 같다.

　"아저씨가 들을 순 있으신가 봐요."

　이 말을 듣는데 내 귀가 뚫리는 것 같다. 들린다고? 귀는 멀쩡하다고? 이래서가 아니다. 도대체 이 사람은 나에 대해 뭘 알고 있는건가. 물어봐야겠단 생각을 한다. 벙어리라 귀도 먹었고 그래서 아무 소통도 못할 줄 알았다.

　'나를 아세요?'

31

할머니가 마늘을 까고 있다. 엉덩이를 밀면서 다가가 도와드린다. 한 타래를 까는 동안 내내 아무 말이 없던 할머니가 입을 연다.

"칼도 없이 잘도 까는구먼. 칼로 까는 나보다도 손이 더 빨러. 손가락 끝에 칼이 달렸다냐."

우직하게 힘세고 일만은 잘해서 남들 좋은 짓만 시켜준다는, 결코 칭찬이 못 되는 말하곤 달리 들린다.

"집은 서울에 있능겨? 아니면, 전주? 광주?"

있을 곳은 많기도 한데 갈 곳은 하나도 없다. 돌아갈 집이 없다. 자존심이란 애당초 없으나 가만있으면 자존심으로 비칠 것 같아 자신 없게 고개를 젓는다. 솔직해지고 싶었다. 어쩌면 머물 수도 있겠다 싶었다.

"그려, 그런 거 같았어. 을매나 고생혔겄냐. 부모한테도 버림을……. 이 시골엔 이런 자질구레한 일손이 많이 필요헌께 입에 거미줄은 안 칠 것이네. 그 손재주면 말여. 이장허고 상의 제대로 혀봐."

같이 마늘을 까던 장군이가 대어들듯 할머니에게로 다가앉는다.

"우리 엄마 엄청 일 잘해요. 정말이에요. 남들보다 세 배로 더 잘한단 말을 듣기도 했어요, 우리 엄마가요."

이 말이 왜 그리도 수줍던지. 일 잘한다는 게 수줍을 일은 아니건만.

"아니구먼유. 아니여유, 남들맨치롱만 혀유."

"근디 자넨 여기가 고향인디 말투가 여기 사람매냥은 아닌 것 같기두 허구. 그치. 어렸을 적에 쫓겨……."

말을 멈추더니 이내 바꾼다.

"떠났응께."

양로원에서 몇 년 일하다가 옮겨간 집이 교회 집사댁이었다. 그분들 고향이 충청도 청양인가, 어렴풋하게 기억이 난다.

"죄송혀유. 고향말도 제대루 못허구유. 그렇다고 고향은 잊은 건 아닝께유."

"됐구먼. 고향이 다 좋다 할 게 있는감. 서로 섞으며 섞이며 서로 싸우지 않고 잘만 살면 되는 거제. 안 그려?"

"예. 싸우지 않고요."

장군이가 우렁차게도 대답한다.

"이름답게 시원하게 대답허는구먼. 야는 근디 서울말툰디?"

"예. 할머니. 옛날 고향이 서울이니께유. 이잔 고향이 여기구만여잉."

어설프게 각 지방 말투를 다 섞어 예쁜 짓을 한다. 할머니가 장군이의 머리를 쓰다듬어준다. 그러지 않아도 될 때에도 츳츳하며.

"엄마, 그리고 할머니. 고향은 참 좋은 데네요. 내가 잘 하는 일도 저절로 생기구요."

바깥에서 뻐꾹, 뻐꾹, 뻐꾸기소리가 들려온다.

"엄마, 저 새소리 뻐꾸기 맞지요?"

"응. 가까이 와 있는 것 같은디 우리 보러 나갈까?"

"예. 엄마 좋아요."

일어나려는데 할머니가 "보러?" 하며 내 치마를 잡는다. 또 츳츳하고 혀를 찬다.

"괜찮어유. 우리 장군인유 눈만 감았지 다 본다니깐유. 그렇제, 장군아?"

"예. 그럼요. 다 볼 수 있어요."

밖으로 나오니 뻐꾹뻐꾹 뻐꾸기소리가 들리지 않는다. 도망갔는지. 도망간 새가 다시 돌아오기라도 할 듯이 기다리며 회관 앞 긴 의자에 장군이 손을 잡고 앉는다. 흠흠흠, 코를 흠흠거린다.

"나무 타는 냄새가 나요."

"그러제? 고향에선 아직도 나무를 때서 밥을 혀고 방도 지피고 혀는가벼."

저녁 때가 됐다. 조금씩 어두워질 무렵 이번엔 소쩍소쩍 소쩍 새가 운다.

"무신 샌 줄 알겄어? 처음 들어봤을 텐디."

"예. 하지만 내가 알아 맞혀볼게요. 음……."

소쩍소쩍, 멀리서 구슬프게 또 들려온다. 제 이름을 제대로 맞혀 보라고 더 크게 울어준다.

"소처비, 맞지요? 뻐꾸기가 뻐꾸기니까요. 소첩소첩 울잖아요."

나도 모르게 웃고 만다. 소처비? 듣기에 우습고 장군이의 생각 도 우습다. 아들을 팔 년 만에 다시 만나고 난 뒤부터 웃기도 많 이 한다.

"비슷허구만. 다시 잘 들어보면 소쩍소쩍 허지 아녀?"

"예. 그렇게도 들려요. 그럼 소쩌기네요. 그쵸?"

또 한 번 웃지 않을 수가 없다.

"이번엔 정확하게 맞췄응께 우리 손바닥 맞추기도 해볼까? 오른

손 번쩍허니 들고."

"하이파이브요? 예!"

하나 둘 셋.

우리가 자주 하는 장난이다. 보게 하려는 것이고 느끼게도 하려는 것이다. 짝짝.

"이번에도 딱 잘 맞혔네. 손바닥까정."

무의식이라고 하나. 꿈도 맞혔고 손바닥도 맞혔다. 척척 짝짝······.

"고향에는 새들도 많아요. 뻐꾸기, 소쩌기 그리고 방금 짝짝새도요."

지나가던 할아버지가 보고 한마디 하시는데 기분을 참 좋게 하는 말이다.

"모자가 꼭 친구 같여. 친구맹시롱 노는구만. 참말로."

"엄마랑 친구, 정말 좋아요 엄마."

저녁은 구례산동댁 할머니집에서 먹기로 돼 있단다.

지붕 위로 희뿌연한 연기가 곧게 오른다. 아들 손을 끌어 긴 의자에서 일어난다.

"시골엔 지붕 위에 굴뚝이 있어. 서울에선 소리가 요란하면서도 물만 데우지만 여기 시골굴뚝은 바람처럼 소리 하나 내지 않고 조용허게 밥도 허지, 방도 데우지 물도 끓이지 소죽도 쑤지, 그리고 구수한 냄새도 나지, 나지 냄시?"

"예. 구수해요. 나무 타는 냄새지요?"

얼마나 지어 나르던 나무였던가. 장군이보다 키도 반절밖에 되지 않은 작은 몸으로 애기지게라지만 나무를 쌓고 그 위에 불쏘시개를 얹고 나면 지게가 나를 밀고 가는 듯 보였을 일들이 굴뚝 연기로 그리 멀지 않은 때처럼 피어오른다. 그런데도 구수하다 한다. 지났으니 그럴 테고 더듬으니 그럴 것이다. 장군이와 굴뚝 옆으로 다가선

다. 내가 먼저 벽 밖으로 튀어나온 굴뚝에 손을 대본다. 뜨겁지 않게 따스하다. 장군이의 손을 끌어 굴뚝에 대준다.

"어뗘? 이게 시골굴뚝인겨."

"따뜻해요. 불 땔 땐 방바닥처럼요."

고구마냄새도 난다.

"여기 고구마 구워 왔어."

운주가 언제 와선 뒤에 바짝 붙어 고구마를 왼손 오른손 나눠 하나씩 내민다. 재가 묻었다. 아궁이에서 구워낸 고구마. 타서 딱딱해진 고구마껍데기 안쪽을 장군이가 맛있게 핥듯 긁듯 발라 먹는다.

"엄마, 고향에는 겨울도 아닌데 고구마가 있어요."

내 등뒤로 숨는다.

"서울고구마보다 훨씬 맛있제? 고구마는 다 시골 꺼여도 굽는 게 달라서 그려. 굴뚝 연기로 구웠응께."

"그래서 더 구수한가 봐요. 정말 맛있어요."

운주란 이름을 부르며 고맙단다, 장군이가.

"우리집 창고엔 많아, 아주. 다 삼촌 꺼야. 삼촌이 다 농사지은 거거든. 삼촌 창고는 엄청 크고 부자야. 거 있잖아, 부엉이곳간이라는 거. 없는 게 없이 다 있는 곳. 삼촌 창고가 그래. 아마 우리 동네서 제일 부잘 걸?"

하나 더 줄까, 하면서 말괄량이 목소리를 별안간 슬픈 소리로 지어낸다.

"오늘이 삼촌 장가가는 날이나 다름없다는데 오늘 내내 삼촌이 이상해. 아빠도 걱정이고 삼촌은 삼촌방에서 문 걸고 나오지도 않아. 우리집 분위기가 참 이상해. 어제까진 아주아주 좋았거든. 삼촌 결혼한다고 해서 얼마나 기쁜데. 나도 오늘 아침에 사진 봤거든. 목사님이 가져오셨어. 삼촌부인 되실 분. 일본에도 이렇게 예쁜 여자가 있었나 했다니깐. 근데 왜 오늘 종일 삼촌이 울적한지 모르겠어. 결혼하려니까 떨려서 그러나?"

마침 소쩍새 우는 소리가 들려온다.

"운주 삼촌이 슬프니까 소쩌기도 울고 있네."

"소쩌기?"

"엄마. 소쩌기는 우는 것 맞는데요, 뻐꾸기는 우는 것 같지 않아요. 장난치면서 웃는 것 같아요."

"거기 있었다냐? 회관 근처만 뱅뱅 돌며 찾았잖어. 어여 와. 저녁 먹게 어여."

구례산동댁이다.

운주가 헤어지면서 내던진 한마디가 사람을 쥐어잡는다. 흔든다. 붙드는 소리인데도 내쫓기는 기분이다.

"내일까지 여기 있으면 우리집에서 저녁 대접할지도 모르는데. 내일 간다며? 아빠가 그러던데."

29

동네이장은 운주아빠다.

28

하루를 더 묵게 되었고 이틀째 밤은 꽤 길게 느껴졌다. 구례산동댁에서 먹는 둥 마는 둥 저녁을 먹고 회관으로 돌아왔다. 아무 말 없이 벽에 기대어 앉아 있는 나를 곁에서 지켜주듯 장군이도 말없이 앉아 있다. 오늘 종일 말이 많던 장군이었다. 갈 데도 따로 정하지 않은 채 무작정 고향에 한 번은 가보자 했으니 목적은 달성했다. 당연히 계실 줄만 알았던 부모님도 없고 집도 없어졌지만 고향에서의 이틀은 생각보다 편안했고 더욱이 장군이 덕분에 웃는 일도 많았다.

'여기서 살 거예요.'

장군이의 희망은 현실이 될 것 같기도 했다. 운주삼촌이 방을 내준다고 했고, 마늘 까던 할머니가 귀띔해준 대로 이장을 만나 일거리를 알아보면 할 일도 생길지 모른다. 고향에서 살고자 하는 희망은 가질 만도 했고 이뤄질 듯도 해보였다. 그런데도 계속 나를 붙잡는 불안은, 운주가 들려준 몇 마디 때문이었다.

'삼촌이 오늘 내내 이상해요. 우리집 분위기도 이상하구요. 오늘은 삼촌이 장가가는 날이나 다름없는데⋯⋯.'

운주아버지의 한마디도 귀가 아닌 가슴에 거슬렸다.

'형, 왜 이래? 집에 가서 다시 얘기하자.'

그도 오늘같이 기쁜 날이라 했고 그런 기쁜 날에 왜 그러느냐고 했다.

어렴풋한 짐작이지만 왠지 운주삼촌이 이상하고 운주네 분위기가 이상한 건 나와도 관련이 있지 않을까, 하는 착각 같은 엉뚱한 생각을 떨쳐내질 못하고 계속 그 생각에 잡혀 있다.

눈치를 챘는지 눈치를 보는 건지 장군이도 낮에처럼 우스갯소리도 하지 않고 그저 쪼그려 앉아만 있다. 아들 앞에서 이러면 안 되는 건데⋯⋯ 그렇다고 밖에 나가 돌아다닐 수도 없는 노릇이라 이러지도 저러지도 못하고 주저앉아만 있다. 이런다고 무엇 하나 해결되는 건 없는데, 오늘밤이 가고 내일이 오면 어떻게든 해결은 될 것이다. 어떻게든.

"계세요?"

남자 목소리가 들린다. 운주아버지 목소리 같다.

"엄마, 누가 왔어요. 내가 문 열어드릴까요?"

운주아버지가 우리한테 무슨 볼일이 있을까 싶어, 딴 일이겠지 하며 그러라고 대답한다.

"엄마 계시니?"

방 밖에서 들려왔고,

"예. 엄마 안에 계세요. 운주아버님."

장군이가 언제부터 저렇게 비위가 좋았던가. 운주아버님이라니? 잠시 웃음이 나오다 만다. 나를 보러 왔다고? 덜컹 가슴이 내려앉는다. 방 밖으로 나와 주방 겸 거실로 나간다.

오촌리 이장이라며 자신을 소개한다. 흙빛으로 그을린, 남을 편하게 해줄 그런 인상이다. 이장? 그럼 벌써 일거리를? 장군이도 같은 생각이 동시에 들었나 보다.

"우리 엄마 정말 일 잘해요. 마늘 까는 일만 잘 하는 게 아니에요."

간절함이리라. 여기서 살아야 한다는 절박함이리라.

"그러니? 엄마하고 잠깐 할 얘기가 있는데…… 그래, 있어도 되겠다. 여기 운주가 갖다주라더라. 맛있게 잘 먹었다며?"

고구마다.

"식었지만 더 달 거야. 먹으며 기다려주렴."

나와 할 얘기가 있다더니 머뭇거린다. 일거리라면 머뭇거리고 말 것도 없지 않은가. 하기야 내가 일하는 것을 보지 못했으니 망설일 수도 있겠지. 잠깐 이런 생각으로 내게 할 얘기를 짚어본다.

"저, 말을 못하는 남자 보셨지요? 제 형님입니다."

나는 알고 있다고 끄덕거렸고 장군이가 돌아앉는 것도 보인다.

"제 형님을 아시나요?"

안다고 끄덕였던 고개를 좌우로 크게 흔든다.

"모르는구만유."

"그래요? 형은 잘 안다고, 아니 잘 아는 듯이 하던데요."

얼굴을 더 들어 더 세차게 흔든다.

"전혀 모르는 사람이구만유. 근디 어째 그런데유? 자꾸 귀신처럼 우릴 따라오고……."

"지리산까지요. 김밥도 우리한테 주시고 가셨어요."

장군이다.

"응. 그러니? 엄마랑 좀 더 얘기할게. 장군이라고 했지?"

"예. 장군이에요, 운주아버님."

그는 장군이 말을 무시하듯 내게 또 묻는다.

"형이 어렸을 때, 그러니까 장군이 어머님께서 여길 떠나시기 전에 동네친구였던가 봅니다."

"누가요?"

"아주머니하고요."

"나하구유?"

여자애들은 기억나도 남자애들은 전혀 기억에 없다. 동네에 남자애들이 있긴 했던 것 같지만 우린 여자애들끼리만 놀았다. 또 여자애들하고도 놀 시간은 거의 없었다. 나만이 아니라 여자애들은 남자애들보다 일이 더 많아 더 바빴다. 아버지보다 엄마가 더 바빴던 것처럼.

"그래요? 근데 형은……."

그러게. 내 이름까지 기억하고 있질 않은가. 나도 잊어버리고 산 사십 년 동안에도 잊지 않고…….

"요상한 일도 다 있어유. 내 이름 석자를 알고 있던데, 참으로…… 이상한 건 내가 더 허구만유."

"이름을요? 아주머니 이름을, 형이요?"

형하고는 다섯 살 차이가 난다. 형은 초등학생 때 생선을 먹다가 목에 가시가 걸렸다. 맨밥을 삼키면 가시도 따라서 뱃속으로 쓸려 내려간다고 어른들이 일러준 대로 했다.

"그때 병원이나 있었나요? 있어도 우리같이 깡촌에 살던 사람들은 다 그런 식으로 넘어갔고 무사했으니까요."

문득 떠오른다. 불에 데었을 때 엄마가 덴 자리에 간장인가 된장을 찍어 발라줬는데 며칠 뒤 나은 것 같았다. 확실히 기억나는 건 뜨거워 어쩔 줄 몰랐는데 간장인가 된장을 발라주자마자 그 뜨거움이 바로 사라졌다는 것. 그리고 시원했다. 그 흔적은 아직 남아있다. 옛날 기억으로 고개를 끄덕거린다.

"아프다고 말할 수도 없었지요. 그땐 일하기 싫어 꾀부리는 줄 알고 더 혼났을 때니까요."

"맞아유."

맞을 때 울면 더 맞았던 거, 맞다.

"결국 형은 목구멍의 성대가 망가졌고 그뒤 말을 못했습니다. 다행히 귀는 아직 성합니다."

"예. 그런 것 같았어유. 근디 왜 그런 말씀을 내게 하시는 건감유? 난 형님을 전혀 모른다니께유. 정말루유."

"그럼, 형님만 기억하고 있는가 봅니다. 사십 년이 더 지나셨다고 하셨지요? 여길 떠나신 게."

"예. 지금이 이천 년잉께 내가 천구백오십칠 년, 그닝께 내가 일곱 살 때구만유. 정확히는 사십삼 년이 됐겠구만유."

"그럼, 아주머니께서도 전쟁 때 태어나셨나요? 육이오 동란 때 말입니다."

"예, 그렇다구 했어유. 나야 전쟁이고 뭐고 기억을 해낼래야 할 수 없었응께. 갓난애기였으니께유."

"형하고 나이가 동갑이거나 비슷하겠군요. 형도 전쟁 나던 해에 태어났으니까요."

"나두 그렇다는구만유. 전쟁 터지고 사일 지나선가? 그때 태어났다고 했응께유."

그래도 기억나는 남자애는 없다.

"예, 잘 알겠습니다. 쉬시는데 죄송했습니다. 형만 기억하고 있는 것 같네요. 참, 내일 떠나신다고요?"

내가 결정한 적도 없건만 그새 사람들이 우리가 내일 떠난다고 했나 보다. 그래야 할 것 같아서 자연스럽게 고개를 위아래로 힘없이 끄덕인다.

"하루 더 계신다면 저희 집에서 식사대접이라도 할 텐데. 그럼 점심은 괜찮으시겠어요? 약속 잡힌 게 없으시다면 점심이라도……." 장군이가 달라붙는다.

"예. 엄마가 일도 아주 정말 잘 하시니까 더 있을 수도 있어요."

"일? 무슨 일?"

"시골에는, 아니 고향에는 이런저런 일이 많다고 어느 할머님께서 그러셨어요. 이장님하고 얘기 잘 해보라고요. 일이 있을 거라고요."

"장군아. 여기서 살고 싶은 거니?"

"예. 정말 살고 싶어요. 친구도 생겼고 형도 생겼어요. 내가 칭찬도 받았고요, 여기서요. 그런 적 없었거든요. 그 운주삼촌님도 꿈에 나타나셨어요. 정말이에요. 정말. 운주삼촌님은 아주아주 좋으신 분 같아요."

"장군이 꿈에 형이? 형이 나타났다고?"

"예. 나타나신 거나 다름없어요. 여긴 자라마을이잖아요. 자라도 꿈에 나타났고요, 정말이에요."

운주아버지가 나를 쳐다본다.

"우린 거짓말 같은 거 한 번도 못하고 살았구만유. 아들말이 맞긴 맞아유. 항아리도 꿈에 나왔다구 허구유."

"보름달같이 하얗고 둥그런 달항아리였어요. 그리고 낮 열두 시 전에 꿈 얘기도 절대 안 했어요."

27

내일을 전혀 예측할 수 없이 모든 게 다 애매하고 모호하기만 한 중에도 장군이의 소망만은 확실하고 분명해서 그것이 내게로 옮겨와 나도 살고 싶은 마음이 든다. 그것은 꼭 이 고향에서의 삶 이라기보다는 앞으로의 삶에 드는 마음이다. 전처럼 그런 대로 가 아니었다. 꼭, 그렇다 꼭이다. 그런 대로는 내 생각이나 의지 를 내 스스로 내팽개치는 것이었다. 그런데도 그런 대로만 살아 왔다. 한편으로 편했는지 모르지만 나를 버리며 살아왔단 사실은 분명하다. 꼭, 이제 붙들고 살아야 한다는 심정이 드니 위아래 입 술이 앙다물어진다.

철석같이 믿고 있을 장군이의 꿈을 나도 믿게 만든다. 이뤄지지 않더라도…… 희망의 시작부터 초를 쳐대며 부정타게 하는 것은 불 가능하다는 믿음이었다. 이 믿음을 버려야 희망이 붙을 것이다. 맞다. 부정 타지 않은 순수한 믿음.

　나를 살게 만든 이것이 자식의 힘인지 어린 아이 동심의 힘인지는 모르겠다. 가슴이 또 뜨거워진다. 남의 도움 안 받고도 내 힘으로 잘 해내는 몸과 손이, 그리고 요령 못 피우는 우직함이 나에겐 있질 않은가.

　'여기선 칭찬도 받았어요. 그런 적 없었거든요.'

　장군이만이 아니었다.

아들과 고향의 밤을 걷고 싶다.

"어두울 테니 엄마를 내가 보살펴 드리며 걸어야겠네요."

우울해할 일만도 아니다. 어둠 속에서 나를 보살펴주겠다
니……. 어둠을 밝혀주진 못하더라도 어둠 속에서 길이 돼주는 건
어둠이란 생각이 문득 든다. 장군이의 장점이 될 수 있겠구나 하는
생각.

"우리, 엊그제 들어오면서 건넌 개울까지 갔다올까?"

"좋아요. 근데 이번엔 내가 엄마를 업어드릴 거예요."

꽤 먼 길이다. 오동교 앞에 도착하니 어둡긴 하지만 밤인데도 밝
기에 하늘을 올려다보니 큰 보름달이 막 떠오르고 있다.

"달항아리 같은 보름달이 뜨고 있구만. 꿈에서 봤다는 항아리와
똑같게 생긴 보름달이여. 그 흰 달항아리에 노란 물감을 곱게 칠해

주면 딱 지금 뜨는 보름달잉게 보이지, 장군이도?"

"노란 물감을 곱게 칠해볼게요. 꿈이 아직도 생생하거든요. 예.
꿈에서 본 그 달항아리에 노란색…… 보여요. 정말 딱 보여요. 것
봐요 엄마."

"것 봐요?"

"꿈꾼 대로 될 거라고요."

"그래 그려. 엄마도 그렇게 생각허기로 혔어. 아니제. 그렇게
생각혀."

"예. 이젠 내 등에 업히셔야지요."

무릎을 꿇으며 땅바닥에 엎드린다. 다리 밑은 그늘이 져서 어둡
고 풀도 많다. 아들 등에 업히고 싶었지만 위험도 하고 해서 말한다.

"없던 다리가 새로 생겼응게 저 다리로 건너가보고 싶은디 엄만."

"새 다리예요?"

"응. 엄마가 못 보던 건께 새 다리지."

"그럼, 새 다리 위를 엄마 업고 건너볼 거예요."

"정말? 엄마가 무거운디."

"무거워도 엄만 걸요."

업는다. 업힌다. 아들의 등에 내 가슴을 묻고 있으려니 노래가 부
르고 싶은데 마땅히 가사를 다 아는 노래가 없다. 귀동냥해서 들은

노래뿐이다 보니 알고 있는 가사마저 맞는지나 모르겠다. 맞고 틀리고가 무슨 대순가. 불러주고 싶다. 아들 등에 업힌 엄마는 노래가 절로 나온다.

　　고향땅이 여기서 얼매나 될까
　　푸른 하늘 꽃다운 여기가 거긴가
　　아카시아 흰 꽃이 바람에 날리니
　　고향에도 지금쯤 뻐꾹새 울겠네

　"엄마, 나도 들어본 노래예요."
　"알아? 이절도 있는디 이절도 알아?"
　"아뇨. 따라서 불러본 적이 없어서요."
　"엄마도 이절은 기억이 안 나는구만. 일절도 다 맞는지도 모르겠구."
　"엄마. 고향 노래, 나도 아는 게 있어요. 불러드릴게요."
　"그려 좋지 좋아."
　아들 등에 업혀서 아들 노래를 듣는다. 누가 쳐다보는 것 같아 오른쪽으로 얼굴을 돌리니 그 보름달이 활짝 웃으며 우릴 보고 있다.
　"보름달이 우릴 보고 있구만. 보름달도 귀가 달려 있는가, 장군이 노래 들으려고 얼굴을 내미는디?"

"그래요? 그럼 더 크게 불러야겠어요."

내가 살던 고향은 꽃피는 산골
복숭아꽃 살구꽃 아기진달래
울긋불긋 꽃대궐 차리인 동네
그 속에서 놀던 때가 그립습니다

그렇구나. 알고 있는 고향의 노래는 나도 또 있었구나.
"이 절은 엄마가 불러도 될까?"
"더 좋지요, 엄마노래."

꽃동네 새동네 나의 옛고향
파란들 남쪽에서 바람이 불면
냇가에서 수양버들 춤추는 동네
그 속에서 놀던 때가 그립습니다
장군이가 후렴처럼 끝마디를 한 번 더 이어 부른다.

그 속에서 놀던 때가 그립습니다

"엄마. 난 고향이 없으니까 이제부터 여기가 거긴가 하는 이 자라마을에서 놀던 때를 만들 거에요. 친구들하고 형하고요."

등에서 내려 아들의 두 손을 맞잡는다. 말로 대답하지 않고 보지 못하는 아들 앞에서 고개를 끄덕여 보이고는 또 끄덕거린다. 손에서 전해졌을까, 장군이도 고개를 끄덕이고 또 끄덕거린다.

"길 건너면 학교가 있나 보던디 우리 학교까정 가볼텨?"

"예. 엄마랑 학교 가요."

학교는 2년쯤 다녔다고 했던가. 눈을 다치고 난 뒤 학교도 가지 못한 장군이다. 학교 대신 내게로 왔다. 다리이름과 같이 학교이름도 같다. 오동초등학교.

"이 동네엔 오동나무가 많았는가벼. 학교도 오동, 다리도 오동."

"오동요? 귀여워요. 오동오동, 오동교 오동학교."

문은 활짝 열려 있다. 꼭 우리가 올 줄 알고 일부러 열어놓은 듯이. 운동장이 넓다. 멀리 교실이 보인다.

"바람이 확 불어오는 걸 보니 운동장에 왔지요, 지금?"

"응. 장군이가 아주 잘 보는구만. 운동장이 엄청 널따란 것두 보이제?"

"엄마. 엄마랑 좀 전에 같이 부른 노래 있잖아요. 그 속에서 놀던 때가 그립습니다, 란 노래요. 나도 그 속에서 놀던 때가 너무너무 그리워요. 너무나요."

회관으로 돌아와 누웠지만 잠이 오질 않는다.

'엄마는 말여. 고향이란 곳에서 놀던 때가 별로 없어선지 그리운 건 없는디 그래도 그립게 하는구만, 고향이.'

차마 입 밖으로 내놓지 못하고 이불 속에 덮어 감춘다. 아들의 한 손을 끌어 내 가슴으로 안는다.

'나도 그 속에서 놀던 때가 정말 너무너무 그리워요.'

얼마나 학교가 가고 싶을까.

"그려, 장군아. 아까 장군이가 여기서 놀던 때를 만들겠다고 혔지? 그려. 이제부터 새로운 그리움을 엄마랑 같이 만들어 보는겨. 하문 되지, 안 그려?"

"새로운 그리움요? 그리움을 먼저 만든다고요? 그거 멋질 것 같아요, 엄마."

25

"별 일이 다 쌨당께."

이튿날 회관엔 여느 때와 마찬가지로 동네 할머님들이 모였다.

"난 사진을 못 봤지만 아주 예쁘게 생겼다던디."

"대학교보다 더 높은 학교를 나왔다는구먼."

"대학원이여. 박사님 되는…… 근디 여자가 말여?"

"그래서, 그래서 마다한겨?"

"중학교나 나왔나. 더구나 말도 못허니."

"그래두 사람이 얼매나 부지런혀. 오촌마을 김 부자 아녀."

"논도 많지 밭도 많지. 농협에 저축도 많다지? 쓸 데가 없응께.
사람을 만나나 술을 마시나 여자를 따로 만나는 것도 아니고."

운주삼촌에 대해서 하는 말이란 걸 바로 알겠다. 운주삼촌과 올
가을에 결혼한다는 일본여자에 대해서 하는 말임도 알겠다. 전혀

상관없는 일이고 그러니 들어도 괜찮겠거니, 이런 계산조차 할 필요가 없는 존재로 나와 장군이는 이런 말을 듣고 있다. 듣고 있는 나도 별로 흥미가 없었다. 단지 어제 마늘을 함께 까던 할머니의 입만 주시할 뿐이다. 그 분은 어떤 말로도 대화에 끼어들지 않고 듣기만 한다.

"이미 다 알고 있었고 그런데도 장가들기로 헌 거 아녀. 일본여자도 일본에서 선생인가 그 좋은 직장도 그만 두고 온다고 혔잖은가. 근디 뭔시롱."

"그렇당께. 그니께 운주네가 지금 발칵 뒤집혔제."

"일본여자라서 운주삼촌이 꺼리는 거 아녀? 나도 일본이라면 머시기 꺼끌꺼끌헌께. 우리나랄 어떻게 혔냐구. 그리고 우리 여자들에겐 더 어떻게 혔냐구."

"에구 이 사람아. 육 년인가 칠 년인가 전부터 일본여자들만 선을 봤는데도 아무 얘기가 없었는디 웬 뚱딴지 같은 소릴 허는겨? 아무튼 오늘 목사님이 또 오신다곤 헌께 그 뒤에 그 이유를 알겄지. 우리가 뭐 팥 나와라 콩 나와라 헐 건 없제."

이때 주천댁이란 할머니가 오늘 오후에 떠난다며? 하고 우리에게로 관심을 돌린다.

"이장네서 오늘 점심을 준비한다는디."

그때야 마늘 까던 할머니가 입을 연다.

"일거리 좀 알아봐야 쓰겄든디. 양 씨네 저 아줌마가 일을 여간만 잘 혀는 게 아녀. 내가 어제 마늘 까는 걸 눈여겨봤는디 손가락 끝에 칼집을 단 줄 알았당께."

"일거리라니? 여기서?"

"예. 할머님. 엄마랑 저랑 여기서 살고 싶어요."

서로를 쳐다보며 둘러대던 대로 고개를 흔든다. 좌우로.

"일이 많아도 사람 쓸 만큼 여유가 있간디. 가족끼리 다 알아서 할 만치 겨우겨우 해내는디."

"마늘만이 아니에요. 다른 어떤 일도 우리 엄만 정말 다 잘해요. 정말이에요."

"아들을 꼬셨나. 엄만 입을 꾹 다물고 있는디 왜 쪼끄만 아들이 저렇게 나선다냐 나서긴 참말로."

"친구하고 형도 생겼어요. 생기자마자 헤어질 순 없잖아요."

장군이의 결연한 마음이 가슴으로 뭉클하게 쳐들어온다.

"예. 어르신들. 어떤 일이라도 있으면 마다 않고 할 테니 며칠만이라도 여기 있게 해주시면 안 되겠어유?"

부탁이지만 자신감이 들게 한 건 무엇일까. 어떤 일이라도 마다 않고…… 거의 오십 년을 이렇게 살아왔고 살아낸 나다. 궂은 일,

남 좋은 일만 해줬다고 생각해 왔지만 그런 것만은 아니었다. 내가 잘 할 수 있는 건, 바로 어떤 일도 마다 않고 할 수 있다는 것이다. 돈을 욕심 낸 적도 없고 편한 델 찾으려 한 적도 없다. 시키면 시키는 대로 요령을 부릴 요량도 없이 마냥 몸을 움직거려야 했던 것은 내가 자랑할 만한 일이다. 며칠? 그 뒤에는? 이런 생각도 하지 않는다. 그 며칠이 몇 달이고 몇 년이 될 수 있다고 나는 나를 믿는다. 일을 시켜만 준다면.

이런 적이 내겐 없었는데 아마도 아들의 힘이 아닌가 싶다. 아들 앞에서, 아들이 저렇게 바라는데, 아들이 저렇듯 엄마를 믿어주는데…… 누가 나를 믿어준 적이 있었던가. 하지 않은 일로도 도둑년으로 몰려 모욕을 당해야 했고, 그저 열심히 일해주고 아들도 낳아줬건만 재수없는 년으로 몰려 쫓겨나기도 했다.

'여기선 칭찬도 받았어요. 그런 적이 없었거든요.'

또 장군이가 어제 한 말이 떠오른다.

"아주머님. 고맙구만유. 마늘을 잘 깐다고 어저께 제게 그 말씀을 해주시니께 힘이 나는구먼유. 며칠 어르신들 일을 도와드리고 갈 테니…… 일자리 찾으러 고향에 온 건 절대 아니여유. 고마워서유. 좋은 것 잘 먹고 그냥 가버리는 건 사람으로선 그럴 순 없는 뱁이지유."

구례산동댁이 듣고 말한다.

"그럼 우리집 일부터 혀주면 쓰겄구만 그랴. 바깥양반이 드러눕고 난 뒤론 밭이 엉망잉께. 내 손 좀 덜어주세."

구례산동댁이 부탁하자 너도 나도 우리집도 우리집도 하며 달려든다. 장군이가 씨익, 웃는 게 보인다.

"저도 도와드릴 거예요. 비록 앞은 못 보지만요. 시키는 일은 쫌만 일러주시면 실수 없이 해낼 수 있으니까요. 남보다 조금 늦더라도 일은 늦게라도 다 마칠 수 있어요."

그래, 그렇게 하자. 회관방도 밤에는 늘 비어 있으니까 잠은 여기서 자면 될 것이다. 고향사람을 고향사람이 내쳐서는 벌 받는다. 잘됐다. 서로 좋은 일이다.

우리는 이렇게 고향에서 환영을 받고 며칠 더 묵기로 한다.

칭찬해주던 할머니가 빙긋 웃으며 한마디 또 거든다.

"이장은 만날 것도 없이 잘 돼버렸구만."

"이장?"

여러 할머니들 입에서 다발적으로 터져나왔다.

•
24

인상 좋던 사람이 심각한 표정으로 회관 앞 주차장에서 목사를 맞는다.

"사모님도 오셨어요?"

운주아버지가 목사를 따라오는, 긴치마로 차분하게 차려입은 여자에게 인사를 한다.

"목사님, 오늘 점심도 시간 되시나요? 식사하고 가시지요."

"청국장을 끓여주실 겁니까? 이장님댁 청국장은 정말 일품이던데."

"물론 청국장도 있고요. 튼실한 장닭 한 마리 잡았습니다."

"오늘이 무슨 특별한 날이라도 되나 봅니다."

"예. 사십 년? 만에 우리 고향을 찾아오신 분이 계셔서요. 오늘 오후에 돌아가신다는데 이장으로서 그냥 가시게 할 순 없잖아요.

그래서. 아무튼 긴히 상의드릴 말씀이 있어서 겸사겸사 뵙자고 한 겁니다. 바쁘신데 귀한 걸음하시게 해서 죄송합니다."

"저희가 좋아서 온 겁니다. 모든 마을이 다 그렇긴 하지만 자라마을엔 특히 뭔가 끌리는 게 있단 말이지요. 뭔가. 기분을 좋게 해준다고 할까요? 너무 막연한가요? 여길 다녀오면 암튼 매번 마음이 편했으니까요."

"감사합니다."

옆에 있던 운주에게 운주아버지가 뭐라 속삭인다. 운주가 빠른 걸음으로 달려와서 장군이에게 한 시간 후에 자기집으로 오라고 알려준다. 한 시간 후면 열두 시고 점심때다.

"어젯밤엔 꿈을 안 꾼겨?"

내가 장군이에게 묻는다. 고개를 주억거리며 젓는다.

"아주 편하게 잤어요. 엄마는요?"

"꾸긴 한 것 같은디 전혀 생각이 안 나는구만. 나도 장군이 맴시롱 열두 시 지나야 꺼낼 좋은 꿈을 꿨어야 하는디. 꿈에서 장군이를 본 것 같기도 허구 어떤 동물도 본 것 같기도 허구……. 나이 들면 말여, 꿈마저 오락가락혀는가벼. 기억이 깜빡깜빡혀듯이 꿈도 그런당께."

다른 할머니들이 듣고 웃는다.

"나이가 들었다고? 예끼 이 사람아. 누구 앞에서 나일 타령혀. 못써. 한참 때구먼. 새 시집을 가도 되겠어. 안 그려?"

옆에 할머니를 손으로 툭 치며 농을 한다.

"남새스럽게 새 시집은? 참, 애기아빠는 어쩌구 둘만 온겨?"

"돈 많이 벌어서 오신다고 중국인가 어딘가에 가 계세요."

장군이가 뜻밖의 말로 나 대신 대답한다.

"돈 많이 벌어서? 얼매나 많이 벌어오겠다고 처자식을 내팽개치고 갔다냐. 가족은 이러나저러나 붙어살아야 혀는겨. 어서 들어오라고 혀. 남자사내들이랑 게 돈 좀 허리춤에 넉넉하다 싶으면 딴 생각을 품기 마련잉게. 에구, 좌우당간 부부는 지지고 볶더라도 한 지붕 아래서 이래도 저래도 붙어살아야 혀는겨. 그렇지 않으면……."

"애 앞에서 별 소릴 다혀."

"애 앞잉께 이런 말 혀지. 멀쩡한 아들을 왜 고아로 만드냐 말여. 가뜩이나 아들이…… 좌우당간 요즘 젊은 것들은 돈돈돈만 혀댔싸니, 참말로. 지금은 우리 때혀곤 달라서 먹고살만 헌디 더 욕심을 부린당께."

"돈 많이 벌어오면 좋지 뭘 그려? 말년 호강허구,"

"말년 호강? 말년 조강지처 버리고 젊은 계집 끼고…… 못 봤어?"

"그만, 그만혀. 난 못 봤은께. 그 주둥이 그만 나불거리고…… 괜스리 질투혀고 자빠졌네."

"돈이 웬수지 사람이 웬순감."

또 다른 할머니가 혀를 차며 대화에 끼어든다.

"돈이 요물이라서 요물만 따라붙응께 그렁 거여."

장군이를 데리고 살며시 밖으로 나온다.

왜 그런 말을 했냐고 묻지 않는다.

"우물에 가서 시원한 물 한 바가지 마시고 올껴?"

"예, 엄마. 죄송해요. 거짓말을 해서요. 근데요, 그 말 거짓말 아니에요. 할머니가 그랬어요. 장군이 아버지는 내일부턴 중국에 가계신 거다. 돈 벌러 가신 거다. 돈 많이 벌어오면 장군이 선물도 많이 사올 거다, 이러셨어요. 엄마 만나기 전날 밤이었어요. 할머니가 우셨어요."

파랑, 초록, 분홍색 바가지가 세 개나 우물가에 가지런히 놓여 있다. 예쁘기도 하지.

"물바가지가 세 개구만. 파랑, 초록, 분홍, 어떤 걸루 마시고 싶어, 장군인?"

"파랑요."

생각할 짬도 없이 대답한다.

"파랑색을 좋아하는 거여?"

"예. 아직도 잊지 못하는 색이에요. 하늘색이잖아요."

"하늘색?"

"예. 눈을 다치고 난 뒤에 가장 보고 싶은 게 하늘이었어요. 하늘만 보면 엄마얼굴이 떠올랐으니까요."

약간 울먹거린다.

'엄마얼굴을 알간디? 그 갓난애기 때 젖도 맥이지 못하고 헤어졌구먼.'

속에 담아야 할 말이 떠오르면 가슴이 먼저 울며 입 밖으로 내뱉지 못하게 막는다.

"엄마얼굴이 예뻤제?"

"그럼요. 세상에서 가장 예뻤지요."

"만나보니 진짜 엄마가 예뻤을라나? 실망헌 거 아녀?"

장군이의 두 손이 내 얼굴을 찾아 다가온다. 내 얼굴을 아들에게 가까이 대준다.

"보는 것보다 이렇게 만질 수가 있잖아요, 지금은요. 엄마얼굴을요, 엄마. 하늘을 보는 건요 볼 수 없으니까 올려다보는 거예요. 볼 수 없으니까요. 그렇게라도 해야……."

우물가에 널찍한 평상도 있다. 거기 앉아 쉬며 열두 시가 되기를 기다린다. 여기 있었네, 하며 운주가 길에서 너댓 계단 아래의 우물로 내려온다.

"삼촌 때문에 목사님이 오신 거예요. 아빠는 왜 고집을 피우냐고 삼촌한테 그러는데, 그 고집이 뭔지 난 모르겠어요."

또 어디서 들었는지 덧붙인다.

"오늘 안 간다며? 며칠 더 있을 거라고 하시던데."

"어떻게 알았어?"

장군이가 묻는다. 목소리에 약간 떨림이 느껴진다. 소리도 작다. 무슨 일로 소침해졌을까.

"할머님들한테 들었지. 아빠가 우리 마을 이장이잖아. 며칠 더 있을 거라고 알려주고 가시더라고. 근데 며칠 뒤엔 정말 떠날 거야?"

장군이가 대답을 않는다.

"정말?"

운주가 섭섭하단 목소리로 또 묻는데도 대답이 없자,

"난 더 있으면 좋겠는데. 서울에 일이 있으실 테니 꼭 가셔야겠지만……."

"없어. 서울에서 일."

단호하게 장군이가 대답한다.

"여기서 더 있게 될 거야. 할머님들이 엄마한테 일해 달라고 하셨거든. 우리 엄마, 정말 일 잘해. 정말이야."

"그래? 할머님들이…… 참, 오늘 아침엔 삼촌이 비워뒀던 방 하나를 내내 깨끗이 청소하시더라고."

"운주삼촌께서?"

장군이가 묻고, 나는 또 얼굴을 붉힌다.

"엄마."

장군이가 나를 부른다.

"응. 왜?"

"운주한테도 그 덴동어미 이야기를 들려주실 수 있으시죠?"

"덴동어미? 별안간 왜?"

"엄마가 덴동어미 이야기를 생각할 때마다 기분이 좋아지신다고 했잖아요."

"그렇긴 헌디, 그렇지 않기도 혀. 힘들 때…… 그려, 좋은 것만 생각허자, 앞으론. 그치?"

"예, 좋은 것만요. 따뜻한 고향에 왔으니까요."

"덴동어미 이야기의 끝쯤 될 거여. 운주도 들으면 기분 나쁠 건 없응께 들어볼껴?"

"덴동어미가 뭐예요? 처음 들어봐요. 듣고 싶어요. 나한테도 들려주세요."

꽃 화자 노래 재미나네
노래 속에 향기 난다
나비 훨훨 날아들어
꽃 화자에 찾아오고
꽃 화자 노래 들으려고
뻐꾸기 꾀꼬리 날아와서
꽃 화자 노래 화답하고
꽃바람 솔솔 불어
좋은 소리 들려주네
…………

그 다음은 잊었구나
잊었으니 빼먹고

지나가도 모르련만
솔직히 잊었다고
고백하니 맘 편하네
그럼 또 생각나는
다음 얘기 이어간다
…………

온갖 시름 노래하니
우리 마음 더욱 좋네
화전놀이 이 자리에
꽃노래로 좋을시고

장군이보다 운주가 입이 빨랐다.

"이게 이야기예요? 노래 같은 이야기네요. 근데 중간에 이상한 부분이……."

"그치, 운주야. '그 다음은 잊었구나 잊었으니 빼먹고……' 이건 엄마가 지어낸 거죠? 맞죠?"

나는 하하하, 웃음으로 대답한다.

"장군이랑 장군이 어머님은 정말 재밌어요. 어떻게 엄마랑 아들이 그런 게 가능하지요? 우린 절대……."

"엄마랑은 다 그렇게 하지 않나?"

어깨를 으쓱해 보이는 장군이, 내가 정말 자랑스러운 걸까? 아들의 행동을 보니 더 부끄럽다.

"근데 엄마. 시름이 뭐예요?"

"시름?"

내가 되묻자 운주가 나선다.

"시름은 걱정, 이런 거 아닌가요?"

"응. 맞췄구만. 운주는 예쁘기도 하제 똑똑하기도 허제."

"예? 안 그런데…… 얌체래요, 날 보고요."

"누가 시샘하는 거여, 그건. 운주가 다 잘 허고 예쁘기까정 허니께."

"얌체란 말 안 들으려고 착해지려고 해요."

"착하기까정?"

듣고만 있던 장군이가 입을 뗀다.

"처음부터 착한 것 같던데. 운주삼촌 닮아서. 그치?"

말해놓고 멋쩍었던지 이내 딴소리다.

"엄마. 근데 왜 시름, 그니까 걱정을 노래하고 그러면 또 더욱 마음이 좋아졌다는 건 좀 이해할 수가 없어요."

"예. 나도 그래요."

운주도 맞장구다. 장군이의 입술에 웃음이 살짝 비친다.

"긍께, 이런 거여. 잘 들어봐. 걱정꺼리로 속 태우지 않고 노래로 풀어내께 마음이 좋아지더라 이거여. 알아듣것어? 뎬동어미가 진달래꽃 부침개를 동네 아줌마들과 부쳐 먹으며 힘든 얘기를 돌아가며 서로 다 털어놨잖여. 그니께 기분도 좋아지고 그래서 꽃노래도 또 부를 수 있단 거지. 이젠 알겠제?"

"아, 알겠어요. 무슨 뜻인지요. 운주는 덴동어미를 지금 처음 들었으니까 무슨 뜻인지 잘 모르지?"

"응. 덴동어미가 뭔지도 몰라. 덴동? 이 이야기를 처음부터 다 듣고 싶어. 들려주세요. 들려주셔야 해요, 장군이 어머님. 처음부터 끝까지요."

내가 그러자며 고개를 끄덕이는데 장군이가 대답하듯 입을 연다.

"얘기가 무척 긴데. 그니까 오래오래 여기서 있어야겠네. 운주한테 다 들려주려면. 엄마 그쵸?"

뭐라 대답할 수 있겠는가. 또 끄덕거리기만 한다. 자신 없이. 운주의 말은 사랑스럽기도 하다.

"다 들려주시기 전엔 여기 떠나시면 안 돼요, 절대. 아이들한테 거짓말하는 건 아주 나쁜 거라고 했어요. 그치, 장군아?"

22

힘을 빼앗는 것도 남이고 힘을 북돋워주는 것도 남이다.

21

덴동어미를 두 아이에게 들려주고 난 뒤 잊어버린 곳을 내가 지어붙인 대목이 또 떠오른다.

그 다음은 잊었구나
잊었으니 빼먹고
지나가도 모르련만
솔직히 잊었다고
고백하니 맘 편하네
그럼 또 생각나는
다음 얘기 이어간다

'솔직히 잊었다고 고백하니 맘 편하다'

무서운 이야기만 지어낼 줄 알았는데 그렇지만도 않다. 나에게도 이런 능력이? 능력이 맞겠단 생각도 든다. 능력은 재주다. 즉흥적으로 떠오르는 대로 해본 말을 아이들도 좋아했다. 좋구나 좋아, 잘한다 잘해. 옛날 사람들은 서로 흥을 돋아주며 배우 따로 관객이 따로 없었다. 함께 어우러졌다. 마음에서 일어나는 대로 입 밖으로 뱉어내고 듣고만 있지 않고 나도, 하며 한 대목을 읊었으니…… 덴동어미에서도 그랬다. 너도 나도…… 거기에 노래를 붙이니 흥이 더 났다. 사는 것도 이럴 수만 있다면.

20

작은 일이 큰 일을 도모한다. 이것은 어떠한 큰 일도 작은 데서부터 시작한다는 소리로 들린다.

'그치, 장군아?'

운주꼬마가 그랬듯이,

'그치, 지영아?'

나에게 묻고 대답한다. 고개 끄덕끄덕끄덕.

19

운주네는 서울의 여느 집처럼 생겼다. 벽돌집에 현관문은 철문이다. 집으로는 도시와 시골의 구별이 없다. 열어둔 철대문 현관을 들어서니 커다란 거실이 있고 그곳에 큰 상이 차려져 있다. 그 안쪽 안방으로 보이는 곳에 목사와 사모, 그리고 운주아버지가 이야기를 나누고 있다. 장군이와 나는 거실의 상 앞으로 안내됐다. 장군이가 두리번거린다. 아마도 시각 외, 다른 감각으로 운주삼촌을 찾는 듯하다. 그는 보이지 않는다. 옛날과 같은 게 있다면 음식을 하고 나르는 여자들이다. 운주할머니와 어머니가 주방과 밥상을 오가며 바쁜데 가만 앉아 있으려니 여간 거북한 게 아니다. 도와주겠다고 나서는 것도 어색하다. '손님인겨.'

"음식이 입에 맞을지 모르겠어요."

운주어머니다. 닭도리탕과 그 옆에 청국장, 그리고 고등어를 구워 올렸다. 갖은 반찬들이 열 가지도 넘는다. 그것을 보는 순간 토스트로 밥을 대신한 서구식 식단을 떠올린다. 그들이 아무리 잘산다고 해도 밥상만큼은 한국이 훨씬 풍요롭단 생각을 한다. 그들은 식단이고 우리는 밥상이다. 이렇게 차려놓고도 입에 맞을지 모르겠다며 반찬 하나를 더 얹는다.

"엄마. 반찬냄새가 스무 가지는 되겠어요."

장군이가 볼 수 있다는 듯이 밥상으로 고개를 돌리며 주욱 훑는다.

"그러니? 그렇게 많진 않아. 장군이라 했지? 있는 대로 해낸 음식들이라 어떨지…… 다음에 또 고향에 오면 그땐 이 아줌마가 잘하는 갈비찜을 꼭 해줄게. 오늘은……."

운주어머니가 장군이 앞에 빈 접시와 밥공기를 내려놓는다.

저런 엄마여야 하는데…… 장군이가 순간 가엾다.

기뻐할 줄 알았는데 장군이의 표정이 이내 굳어진다. '다음에 또 고향에 오면'이란 말이 거슬렸으리라.

"엄마, 장군이는 여기 오래 더 있을 것 같은데."

운주도 그 말을 허투루 듣지 않았다.

"장군이만? 그럼 장군이 어머님만 혼자 올라가신다고?"

그녀의 말이 안방에서 흘러나온 운주아버지 말과 섞인다.

"형이 어제부터 달라졌어요. 형 나이가 오십이니, 그리고 처음이다 보니 결혼이 무척 부담스러운가 봅니다. 더구나 일본분이라 그런지."

"한국말을 굉장히 잘하십니다. 한국에 대해 공부를 많이 하신 분이시고요. 일본의 엘리트입니다. 결혼이 성사되면서부터 수화도 배우고 계신다고 합니다. 그리고 무엇보다도 두 부부 사이는 믿음으로 맺어준 관계이기에 어려움과 불편함이 훨씬 덜할 겁니다. 남원에도 이런 참가정이 많은데 모두들 잘살고 있는 거 잘 아시지요?"

"예. 불과 엊그제까지만 해도 형도 무척 좋아했던 걸로 우린 알고 있었습니다. 어머님 손을 잡고 고맙단 말도 했다니까요. 그런데……"

"막상 결혼한다 하니 부담을 느끼고 계신 것이 분명하네요."

사모다. 말투가 한국인과 사뭇 다르다. 전라도도 경상도도 충청도도, 더욱이 서울말씨도 아니다.

"하지만 축복을 받았다고 해서 바로 합쳐 살림을 차리는 게 아닌 거 아시죠? 우리 부부도 그랬습니다. 목사님은 한국에서, 저는 일본에서 마음공부로 그냥 가정이 아니라 참가정을 맞이할 준비를 했습니다. 육 개월 동안 각자의 생활을 하며 부부가 되기 위한 준비하는 시간이 그래서 있는 것입니다. 한평생 살면서 가장 중요한 관계가 부부가 되고 새 가정을 이루며 사는 것인데 쉬울 수가 없지요. 가벼워서도 안 되고요. 쉽거나 가볍다면 문제지요."

말투나 말씨는 다르지만 더 또박또박하고 더 분명하다.

"그런 이유라면 그나마 다행이지요. 어제 형이랑 얘기를 나눠보려고 했습니다. 형은 아무 대꾸도 않고 이 말만 했습니다."

운주아버지가 그 작은 종이쪽지를 내민다.

한 달만 기다려줘.

몸을 기울여 엿보던 사모가 빙긋 웃으며 별 문제 없는데요, 한다.

"올가을, 그러니까 구월 말까진 아직도 거의 사 개월이나 남았잖아요? 그래요. 한 달만 기다려 달라고 하시는 건 들뜬 마음을 달래보려고 하시는 것 같네요. 그러시겠지요."

목사도 끄덕였지만 운주아버지는 오히려 고개를 젓는다.

"그런 한 달이라면 얼마나 좋겠어요. 아닌 것 같으니 우리도 답답할 뿐입니다. 그 문제는 일단 식사부터 하신 뒤에 말씀드리기로 하지요."

기다렸다는 듯이 따뜻한 밥그릇이 앞에 놓인다. 장군이가 좋아하는 콩자반도 있다.

"청국장, 닭도리탕?"

공기에 덜어줄 양으로 장군이에게 운주어머니가 상냥하게 묻는다.

"먼저 닭도리탕으로요. 그리고 다 먹어보고 싶어요. 다 맛있을 테니까요."

장군이의 말에 운주가 깔깔깔 웃는다.

"엄마, 장군이가 엄마음식을 전에 맛본 적이 있다는 것처럼 얘기해."

이러면서 장군이 귀에 대고 속삭인다.

"잘 하는 건 잘 하지만 못하는 건 엄청 못해. 잘 하는 건 한두 가지. 다 할머니 솜씨야."

"이것 봐. 정말 맛있잖아. 엄마. 이번엔 고등어도 먹고 싶어요."

"장군이 어머님, 제가 장군이에게 고등어 가시 발라줘도 돼요? 친구한테 그러고 싶어서요."

순간 장군이를 본다. 얼굴이 빨개지는 게 보인다. 고개도 떨군다.

"갖다 놔주기만 하면 내가 입으로 잘 발라먹을 수 있어. 괜찮아. 고마워."

아까부터, 이 집에 들어서면서부터 더 멀리 안방소리에 신경이 무척 쓰인다.

"이 지상에서 잘 풀리면 저 하늘에서도 잘 풀리고, 이 지상에서 맺히면 저 하늘에서도 맺히는 겁니다. 이제부터라도 김진석 님이 참가정을 꾸려나가시게 되면 이 지상에서의 삶은 잘 풀릴 것이고, 그래야 한참 뒤 영계에서도…… 천국은 분명 있으니까요."

더 얘기하고 있지만 운주의 한마디로 인해 나의 집중이 흩어진다.

"삼촌이름이에요."

장군이가 혼잣말로 그 이름 석 자를 마음에 새기려는 듯이 두어 번 중얼거린다. 귀가 뚫린다. 어렴풋한 기억이 살아난다. 진서기, 진서기 하다가 '면서기'라고 불리던 아이. 어린 아이지만 글자를 다 깨우친 똑똑한 사내아이. 진서기…… 그 면서기가 김진석?

18

이름, 그 별명으로 되살아난다. 내가 기억나는 건 다섯 살 이전일 수 없고 고향을 떠난 일곱 살 이후일 수도 없다. 다섯 살과 일곱 살 사이, 그때는 1955년에서 1957년이다. 전쟁이 끝나고 얼마 지나지 않았다지만 전쟁은 전혀 실감되지 않았다. 그것은 어린 나에게만 그런 게 아니었다.

"여긴 남보다 더 잘사는 사람도, 더 잘 나서 높은 자리에 있던 사람도 없었응께."

고향을 점령한 북한의 인민군이 수배하고 다닌 대주주나 반동분자가 자라마을엔 없었다. 그때의 자라마을…… 이런 말을 한 것도 기억이 가물가물 일어난다.

"옛부터 자라마을이라 부르던 이곳을 일본이 와서는 오촌이라는 이름으로 바꿔버렸제. 같은 말인디 오촌은 자라마을의 한자라 이거여. 사람이름 바꾸기 전에 마을이름부터 지들 일본식으로 바꾼 것이제."

일본이 의도적으로 바꾼 그것을 아직도 그대로 쓰고 있다.

마을사람들을 한껏 부려먹고도 배급품 따위를 떼어먹었던 해방 후 한국 공무원들과는 달리 북한 인민군은 밤새워 일을 시키긴 했어도 꼬박꼬박 흰쌀을 공정하게 배급했다. 그 쌀이 배를 불릴 만큼 넉넉하지는 않았어도 배고파할 만큼 적지도 않았다.

"서로 일을 하려 했응께."

한 번은 인민군의 심부름을 하던 마을청년이 배급할 쌀을 빼내어 자기집 창고에 숨겼다가 들킨 적이 있었다. 전에도 흔히 있었던 일이다. 하지만 전과는 달리 그는 그날 주민들이 보는 앞에서 처형당했다. 이를 두고 인민군을 욕해대는 사람은 하나도 없었다.

"우리가 먹을 것을 훔친 자 아녀. 사람이 그러믄 안 되는 거지. 일제시대나 해방 후에도 저런 자들이 설쳐대니 우린 시대가 바뀌었다는데도 맨날 배를 주리고만 살아야 할 수밖에……. 나라가 똑바르지 않아서 그런 거구, 윗사람들이 흐리멍텅하니 저런 자들이 법 무선 줄도 모르고 날뛰었던 게지. 법이 있으나마나 했응게.”

　인민군이 마을을 다스리던 약 2개월을 정부다운 정부였다고 회상하는 노인들의 넋두리를 들으며 우리 어린애들은 살았다. 인민군이 마을에서 쫓겨난 뒤 세상은 또 백성을 후리기만 하는 자들로 득세하니 불과 몇 년 전을 회상하게 되었다. 그런 자들이 징벌되는 일은 그후로 없었다. 그들은 오히려 부자가 되고 권력이란 자리를 다 차지했다.

　“그때가 좋았단 게 아녀. 그때처럼 다스려줘야 한다 이거제. 그래야 도둑놈이 도둑놈인 것이고 강도는 강도인 게니께.”

　“그 짧은 기간엔 무슨무슨 조사라는 걸 많이 했는디 주민들의 생활을 파악하는 거라 혔고, 그에 따라 위에서 무슨 조치가 즉각 내려왔제. 주로 우리야 시키는 일만 했응께…… 근디 일한 만큼 돌아오는 게 있으니 불평할 일이 있었간디. 공무원들에게 핍박만 받고 살아온, 우리같이 없는 자들에겐 우리를 보호해주는 일로 당연히 여길 수밖에. 적어도 우리 마을에선 그들은 우릴 억압하고 협박 같은 건 안 했응께. 오히려 어려운 게 무엇이냐고 펜으로 적어가며 묻곤 했으니께. 걔내들은 절대 공짜는 없었제. 일을 엄청 시켰지만 그만큼 보상을 해줬응께.”

　1955년부터 1957년 사이 나의 고향은 어른들의 기억을 들으며 살았던 시절이었다.

"어느 집 창고에 쌀이 훨씬 더 많고 어느 집 아들이 더 높은 자리에 올랐고…… 이런 게 우리 마을엔 없었응께. 그니까 다 못살았지만 더 아무 문제없이 살았으니께 그때가 더 뭐시냐, 그려, 평화로웠다 이거제. 없으면 없는 대로 나눠 먹고 굶으면 같이 굶어주고…… 이러니 싸움이 있었간디. 가끔 술주정뱅이가 하나쯤은 있어갖고…… 그게 시끄럽게 했지만 말여. 어디나 그런 자는 있잖여."

하늘 위에서 비행기 나는 소리가 들려오면 인민군이 해댔다는 말을 따라하기도 했는데…….

"구라망이 날라가는구만."

구라망은 미군의 폭격기였다. 인민군이 가장 두려워하던 폭격기였다고 했다. 그들은 "구라망 또 한 마리를 잡았다."라는 말을 가끔씩 하면서 환호했는데, 미군 폭격기 한 대를 격추했다는 말을 모기 한 마리 잡은 듯이 말하곤 했다. 이름도 재미나고 해서 어린 우리들도 구라망 구라망 하고 따라했고 잠자리를 보곤 구라망새끼라고도 했다.

또 재미나는 말이 하나 더 생각난다. '알루빵'이다. 인민군들은 집집마다 사진첩을 뒤졌다. 아마도 반란자, 반동분자, 그리고 생활수

준을 확인하기 위한 조사였을 것이다. 이 사진첩을 '알루빰'이라고 인민군들은 불렀다. 어린 그때, 앨범이란 말도 익숙지 않았을 당시 마을사람들은 여전히 앨범을 알루빰이라 하진 않았어도 알빰이라 부르곤 했다. 아이들이 따라하기에 아주 좋은 발음을 가진 이름이 아닐 수 없다.

진서기, 면서기는 얼굴조차 전혀 기억나지 않지만 이런 어른들의 옛이야기 같은 당시 일화들 속에 섞여 아지랑이처럼 가물가물 떠오른 추억 속에서 아련히 되살아나고 있다.

어린 나이에 어른들도 모르는 글을 깨쳐 자주 불려다녔고 글 쓸 일을 대신해주곤 했다는 건 알고 있었다. 그래서 별명도 면서기가 되었다. 우리 같은 여자애들은 그런 똑똑한 남자애를 부러워할 처지도 못 됐다. 여자는 그저 죽어라 집안일을 해야 하는 팔자로 태어난 소나 다름없는 신세였다. 당연히 그런 줄 알고 살아온 어린 시절 계집애의 삶은 서울로 가서도 달라지지 않았다. 그후로 사십 년을 넘게 그 당연한 법에 따라 살아야 했고 불평을 해서도 안 되는 것이었다. 불평도 배워서 머리에 든 게 있어야 가능할 것이다. 나는 그렇고 그러려니 하는 삶만을 살아왔다.

안방에선 무슨 말인가 주로 목사가 얘기하고 있었지만 김진석이란 이름이 까맣게 잊힌 어릴 적으로 과거여행을 시켜주고 있었다.

그 똑똑했다던 그가, 그도…… 말을 못하고 '으으으으' 하며 살아와야 했던 세월도 아프게 내 가슴을 누른다. 자연스럽게 장군이를 보게 된다.

"저희 삼촌창고는 부엉이곳간이에요. 없는 게 없이 다 있어요. 엄청 부자예요."

운주가 어제 한 말이던가. 장군이도 그럴 수만 있다면…… 스스로 먹고살 일이 장군이에게도 있다면…….

17

그러나 운주네를 나와서도 무엇보다 잊지 못할 말은 목사의 이 한마디였다.

"이 지상에서 잘 풀리면 저 하늘에서도 잘 풀리고

이 지상에서 맺히면 저 하늘에서도 맺히는 겁니다.

이 지상을 천국이 될 수 있게 살아야 한다는 말입니다."

다른 세상, 저 하늘을 생각하고 산 적은 한 번도 없다. 맺힌 삶을 저승에서까지도? 덜컥 겁이 나는 건 왜일까. 죄를 지어서가 아니다. 이 말을 듣는 순간 장군이를 바라보았다.

어린 것이 무슨 죄가 있다고 이런 못난 애미를 만나서…… 아들한테만은 절대 물려줄 수 없는 게 맺힌 삶이거늘. 어느 한 사람 맺히게 한 적이 없는데 왜 왜 왜…… 내가 맺혀야 하나. 맺힌 삶을 여태 살아야 했나. 하늘을 원망한 적은 있었다. 하늘이 있다면 나 같은 사람을 이렇게 이대로 놔두진 않을 것이다 하며 올려다본 하늘은 아무 대답을 주지 않았다. 왜? 질문도, 그래서? 대답도 아무 소용이 없었던 하늘에 퍼부은 하소연은 넋두리로 고개를 떨구게 했다. '나한테 무슨……' 지상도 외면한 나를 하늘이라고 별다르겠나.

하지만 아들을 보니 이렇게만 살 수는 없는 노릇이다. 이렇게만 산다는 건 또 다른 죄를 짓는 것이다. 아들에게. 가장 소중한 자식에게. 팔자대로 산다는 것이 죄 같다는 생각에 겁이 덥석 내 몸에 달라붙는다.

"우리는 결혼한다는 말 대신 축복 받는다고 합니다. 결혼은 축복이어야 하고 축복으로 거듭나고 축복으로 자식들과 화목해지는 것이기 때문입니다. 그래서 축복가정이며 축복가정이 하나하나 모이면 세계평화가 됩니다. 축복가정, 평화의 시작이며 끝인 것입니다."

축복을 받아야 할 운주삼촌은 여전히 보이지 않고, 운주아버지의 손을 잡고 목사가 한 말이다.

"이 축복을 거절할 이유는 없겠지요. 한 달을 다 채우지 않아도 형님은 축복의 길로 이제 발을 내딛게 되실 겁니다. 이건 인간의 힘으로는 도저히 불가능한 일입니다. 하늘에서 내려주셨기에 가능했던 것입니다. 칠 년 걸린 일입니다. 불가능하다는 건 이장님께서 더 잘 아시지요? 그 불가능은 인간세계의 말입니다. 하늘부모님은 그 불가능을 가능케 하십니다. 다음엔 십오 년 전 한국으로 시집와, 그러니까 한국의 남편과 함께 축복을 받고 자녀 넷을 낳아 단란하게 살고 있는 축복가정을 방문하기로 하지요."

역시 이장님댁 청국장은 일품이라는 말을 남기고 목사와 사모가 떠난다.

15

어린 꼬마, 운주의 말도 내 귀에서 떠나질 않는다.

"덴동어미 이야기를 다 들려주시기 전엔 여기 떠나시면 안 돼요, 절대. 우리 아이들한테 거짓말을 하면……."

그런 날도 살았는데
설워 마오 울지 마오

어찌 달리 뾰족한 수도 없고 선택의 여지조차 없는, 어쩔 수 없이 살아내야 하는 삶은 과거의 삶으로 위안 삼으려 하고 위로받으려 하지만, 그것은 위안이며 위로일 수가 없다. 그렇다. 땜빵이었다. 임시방편이었다. 그래야만 견딜 수가 있었고 살아내야 했으니 땜빵이든 임시방편이든 그 순간을 넘기는 것만으로도 고마운 일이었다. 그러니 땜빵인생은 거듭되었고…… 이렇게라도 살아야 하는 것은, 생명의 소중함을 알아서가 아니라 본능 같은 것이었다. 태어날 때 내 뜻으로 세상에 나온 것이 아니듯 죽음도 내 목숨이라 하여 내 맘대로 어찌해서도 안 되는 것이었다. 그런데,

그런 날도 살았는데
설워 마오 울지 마오

덴동어미는 또 그렇게만 살다가 죽었을 것이다. 그럴 순 없단 생각이 가슴 위 목을 타고 치받쳐오른다. 악이 아니다. 내 삶을 더 이상 남에게 넘겨주고 방치할 순 없다.

솔직히 잊었다고
고백하니 맘 편하네

내가 지어 보탠 덴동어미화전가다. 남에게 한 고백은 그 전과는 달라지겠다는 나에게 하는 다짐이며 약속이다.

나의 이 소설도 '나는 글을 쓸 줄 몰라요.' 라는 솔직한 고백에서 시작할 수 있었다. 솔직해진다는 건 진솔하다는 말이 될 것이다. 그러니 기적 같은 변화가 내게도 일어나고 있다.

회관으로 돌아오니 구례산동댁이 나를 찾는다.

"일하러 가야제? 도와준다고 혔지?"

나에게도 남을 도와줄 힘이 있다. 이건 능력이다.

"그럼요. 그러믄요."

장군이도 도울 일 없냐고 따라왔지만 옆에 운주가 있다.

"운주랑 놀지 그려. 밭일은 엄마 혼자서도 충분할 것 같응께. 운주도 좋다면 말여."

14

다섯 시간 만인가. 해가 뉘엿뉘엿 남원 시내가 훤히 보이는 서쪽 벌판으로 내려앉는다. 평생 한 일인데다 흙을 바라보고 한 일이라 그런지 낯선 곳이어도 시간은 금세 지났다. 흙과 땅에 오히려 돈을 바치고도 해야 할 일처럼 고맙게 느껴진 일이다. 밭일을 끝내고 회관에서 아들을 다시 만난다.

"운주랑 재밌었제?"

"예. 엄만 힘드셨지요?"

"아니. 엄마도 얼매나 재밌었는디. 엄만 일이 노는 거니께."

구례산동댁한테 받은 이만 원을 장군이 손에 꼭 쥐어준다.

"오늘 번 거여. 안 받으려고 해도 기어코 주고 마시는구먼. 이제 엄마가 번 돈은 아들이 다 저축혀, 알제?"

"저축요? 내일도 또 일이 있어요?"

"응. 밭일도 더 남았고 다른 아주머니가 일해 달라고 줄을 섰구만. 근디 돈 받으려고 한 일 아닌 거 알제? 헛기대허면 못 쓰는 건께."

"예. 헛기대 하하하. 기대하지 않은 이 돈부터 차곡차곡 모으겠습니다. 근데요, 엄마한테 드릴 말이 있어요."

운주삼촌을 만났다. 그는 장군이를 장애인의 집으로 데리고 갔다. 특수학교로 아이들만이 아니라 어른들도 있었다. 운주삼촌도 그곳에 삼 년을 다녔다. 운주도 같이 갔다.

"학교는?"

삼촌이 종이쪽지로 적어 보이면 운주가 읽어줬다. 장군이의 행동을 보고,

"삼촌, 안 다닌대."

운주가 대답해줬다. 그렇게 따라간 학교는 난리법석 아수라장이었다. 20대로 보이는 남자가 고래고래 소리를 질러댔고 두 명의 건장한 남자가 그를 제지했다.

"가자, 가자. 그만하고 들어가자 응?"

말을 제대로 하지 못하는 20대 그 남자는 몸집이 매우 컸다. 전혀 아픈 사람 같지가 않았다. 하지만 그는 오른팔을 옆과 뒤로 꼬며 몸을 뒤틀고 큰소리로 웃었다. 웃는다기보다는 울부짖는 듯했다. 왜

이런 곳에 나를 데리고 오는 걸까? 장군이가 이상하게 여겼을 뿐 삼촌은 의심하지 않았다. 착한 사람이라는 믿음이 강했기 때문이다. 꿈은 꾸고 나면 그뿐인 게 아니었다. 삼촌은 그 광경을 보고는 돌아서려고 했다. 우리는 이미 주차장을 지나 학교 건물 앞에 와 있었다. 한 여자가 김진석 씨? 하며 달려왔다. 삼촌은 들고 있던 감자 한 박스를 그녀에게 건네면서 허리 굽혀 인사를 했다.

"올 때마다 이럴 필요 없어요. 그냥 빈손으로 와도 우린 대환영이랍니다. 언제나요."

사무실로 안내하면서도 그녀는 장군이를 주시했다.

"누구예요?"

종이를 꺼내 무언가 써서 보여준다.

학교를 다닐 수 있을까요?

"이 학생요?"

장군이를 가리킨다. 부모를 물었고 부모가 와야 한다고 했다. 달달한 밀감주스 한 잔씩 마시고 일어났다. 돌아나와 자라마을로 걸어가며 삼촌이 물었다. 운주가 사이에서 중개역할을 잘 해줬다.

"학교 가고 싶니?"

장군이는 끄덕거리다가 이내 고개를 좌우로 흔들었다.

"엄마를 도와줘야 해요."

"아빠는 서울에 계시니?"

"엄마, 이번엔 진짜 거짓말을 했어요. 아빠는 나를 눈이 멀었다고 버리셨어요, 했어요."

"거짓말을 했다고? 그랬구만. 거짓말을 했응께 엄마한테 매를 맞아야쓰겄다."

"예. 엄마한테 맞을 짓을 했어요. 그런데 이번엔 거짓말을 하고 싶었어요."

내게 묻는다. 거짓말?

"거짓말을 한겨? 거짓말을 혔다고 생각하고 있는겨? 시방도?"

"엄마. 아빠가 날 버린 걸 나는 얼마나 고맙게 생각하는지 몰라요. 엄마를 만났잖아요. 엄마가 얼마나 보고 싶었는데요."

어린 장군이는 엄마를 보고 싶다고 칭얼거렸고 그때마다 창고에 갇혔다. 밥도 주지 않은 채 하룻밤을 새우게 했다. 아버지는 아무 말이 없었고 창고에 가두는 일만 계속 했다. 그것은 공포였다. 매보다도 더 무서운 공포였다. 이 공포는 학교에 다니면서도 별안간 친구들 앞에서 나타나곤 했다. 혼자 있게 되면 발작을 일으켰고 아무에게나 달려가 붙들었다. 받아주는 친구는 거의 없었다. 왜 이래? 이상해. 미쳤나봐. 한 아이는 결국 들고 있던 연필로 다가오면 찌를 거야, 했고 찔리는 것보단 누군가 붙들어야 했던 장군이는 그 아이에게 달려들고 말았다. 그리고 겁준다고 휘두른 연필심에 눈을 찔리고 말았다.

'눈이 그렇게 됐는데도 엄말 만난 게 더 좋아?'

어떻게 물을 수가 있겠는가. 나도 가끔 장군이를 바라보며 절로 고맙다고 말하려다 멈춘 적이 한두 번이 아니다.

"운주 삼촌한테 얘기했어요. 내가 앞을 못 보게 돼 엄마를 만난 거라고요. 그래서 더 잘 된 거라고요. 삼촌은 그뒤 아무 것도 물어보지 않았어요. 우는 소리가 나는 것 같기도 했어요. 운주도요. 운주는 확실히 울었어요. 운주랑 둘이 있을 때 운주가 그랬어요. 삼촌이 우는 거 난 처음 봐. 라고요."

"거짓말을 했다고 했응게 매는 맞아야겄제? 회초리 될 만한 것 찾아오거라. 찾아올 수 있제? 앞 못 본다고 엄만 용서하거나 봐주진 않을꺼."

꽤나 굵은 작대기를 들고 와서는 내 앞에서 무릎 위까지 바지를 걷어올린다.

"숫자를 세거라."

하나,

둘,

셋.

어른들의 일이다. 아이가 무슨 잘못을 했다고 어른이 저지른 짓으로 자식이 매를 맞아야 하는가. 나는 내 종아리를 드러내고 나에게 그 작대기로 후려친다.

"엄마가 왜요? 엄마가 왜요?"

장군이가 작대기를 빼앗으려고 달려든다.

"엄마, 내가 잘못했어요. 잘못했어요 엄마."

"장군이 넌, 잘못한 거 하나도 없다. 다 어른들이…… 이 애미가……."

더 안아주고 싶었지만 참는다. 정 많고 약했기에 내가 이 모양이 꼴로 여태 살아왔다. 이렇게 더 살아선 안 된다며 아들에게 매정하다.

"자라우물 가서 얼굴 씻고 오거라."

장군이를 보내놓고 나서 울음을 터트린다. 자식한테 하는 매질이 어미의 가슴을 갈기갈기 찢어대건만…… 어떻게 아버지는, 어떻게 아버지들은…….

13

그날 저녁은 구례산동댁이 회관으로 밥과 반찬을 보내와 먹었다.

"밖에 테레비가 있던디 볼꺼?"

"아뇨. 엄마, 아까 우물에서 얼굴을 씻고 있는데 운주가 와서 이 걸 주고 갔어요. 엄마한테 전해달라면서 밤 늦게 혼자 읽어보라고 운주삼촌이 그랬대요."

장군이가 먼저 잠이 들었다. 그 전의 작은 쪽지 같은 종이가 아니었다. 봉투였고 그 안엔 편지지가 몇 장 겹쳐 들어 있었다. 반듯한 글자로 빽빽하게 채워진 세 장의 편지였다.

12

지영 씨,

나를 기억하지 못하시겠지요. 너무나도 오랜 시간이 지났으니까요. 하지만 나는 지영 씨를 보자마자 알아봤습니다. 오른쪽 귀 아래 뺨 쪽에 밤톨 크기만 한 옅은 점으로도 알 수 있었지만 목소리로 먼저 알았습니다.

미안합니다. 나쁜 기억은 오래 남는가 봅니다.

매일 지영 씨 아버지로부터 매 맞는 걸 보았고 어느 날 지영 씨네 집 뒤, 양 씨 가족묘들 사이에서 혼자 울고 있던 지영 씨를 본 적이 있었습니다.

지영 씨나 나나 나이가 같았고 어렸지만 나와는 다르게 사는 지영 씨를 보면 늘 안쓰러웠습니다. 그날 내가 울고 있던 지영 씨에게 다가가서 방금 엄마가 찐 따뜻한 옥수수를 하나 줬는데 받지 않고 그 옥수수를 손으로 쳐서 땅바닥에 떨어트렸습니다. 그런 뒤에 더 엉엉 소리 내며 울었습니다. 나도 어린애라 놀라서 도망쳐 집으로 돌아왔습니다. 기억나세요? 그때 일을요. 나는 잊을 수가 없었습니다.

　우리 둘은 한마디도 말을 해본 적이 없었습니다. 어른들은 나를 똑똑하다고 했지만 나는 무척 외로운 아이였습니다. 그래서 신문이든 포장지든 글자들을 닥치는 대로 읽었습니다. 그러면 외로움이 조금 사라지는 것 같았습니다. 그래선지 지영 씨가 혼자 우는 걸 보면 나도 기분이 매우 안 좋았습니다.

　그 옥수수는 집에 돌아와서 내 방안 천장 아래에 걸어뒀습니다. 말라서 옥수수알이 하나둘 떨어졌고 나중에는 옥수수깡만 남았지만 그대로 걸어뒀습니다.

　지영 씨가 이 마을을 떠나던 날을 지금도 생생하게 기억하고 있습니다. 그날 아침, 지영 씨 아버지가 나를 찾았습니다. 술을 드시지 않았습니다. 나보고 글자를 아니까 일할 여자아이를 찾는 광고를 보면 알려달라고 했고, 얼마에 사가는지 그 가격도 알려달라고 했습니다. 나는 딸을 팔려는 거란 생각은 전혀 하지 못했는데, 바로 그뒤 지영 씨 어머니께서 지영 씨를 데리고 우리 마을을 빠져나가는 것을 우연히 보았습니다. 나는 좀 떨어져서 뒤따라갔습니다. 어린 나이에도 어떤 예감이 들었었나 봅니다. 지영 씨 어머니께서 지영 씨한테 들려주던 얘기는 지금도 기억합니다.

"저 돌처럼 꿋꿋하게 살아야 한다."

그땐 그 말이 무슨 뜻인지 이해하지 못했지만, 한참 뒤에도 돌아오지 않는 지영 씨를 생각할 때마다 그 말의 뜻을 알 수 있었습니다.

지영 씨는 잘사는 서울 친척집에 보내졌다고 마을 어른들이 얘기하는 걸 들었습니다.

내가 없앤 건 아닌데 언제인지 모르게 내 방안에 걸려됐던 옥수수도 사라졌고 지영 씨도 잊었습니다.

그뒤 나는 목을 다쳤고 말을 못하게 되었습니다. 나는 더 외로운 아이가 되었습니다. 그때 다시 잊고 있던 지영 씨가 생각났습니다. 서울 친척집에서 잘살고 있을까. 그때 내 나이가 열두 살쯤, 딱 지금 장군이 나이였습니다. 지영 씨도 같은 나이였고요. 그때 처음으로 지영 씨가 보고 싶단 생각을 하게 되었습니다.

누군가를 보고 싶어 한 건 그때가 처음이었고 그뒤로도 지영 씨 외에는 없었습니다. 그런데 보고 싶은 마음이 언젠가는 만날 거란 생각으로 점점 바뀌었습니다.

나이가 들어 청년이 되고 다들 결혼을 했지만 나는 하지 않았습니다. 나 같은 병신을 누가? 친구도 없었는데 하물며 여자는 더욱…… 이런 건 다 잊어버리고 열심히 일만 했습니다. 그 일이란 농사였습니다. 혼자도 할 수 있는 일은 나에겐 농사밖에 없었습니다. 돈이 조금 생기면 무조건 논을 사고 밭을 샀습니다. 농사일을 하다 보니, 또 나이도 들어가니 외로움은 사라졌습니다. 하지만 남들과 어울리는 건 여전히 잘 못했습니다. 대신 만화 그리는 데에 빠졌습니다. 그건 오늘 장군이와 함께 간 학교에서 배웠습니다. 그때가 생각이 나서, 장군이도 나처럼 많이 외로울 거라 생각해서, 취미 하나가 있으면 그 외로움도 덜 수 있을 것 같아서, 장군이를 그 학교에 데리고 갔습니다. 그런데 장군이의 얼굴을 보니 좋아하지 않는 것 같았습니다. 그리고 엄마일을 도와줘야 한다고 했습니다.

장군이도 장군이만의 일이 있어야 합니다. 몸이 불편하니 더욱 그렇습니다. 같이 걸어가는데 장군이가 이런 말을 했습니다.

"운주삼촌께서는 어떻게 일을 배우셨어요? 나도 내가 할 수 있는 일이 있으면 좋겠어요. 남한테 손 내밀며 거지짓하는 거, 정말 하기 싫어요. 정말로요."

내가 할 수 있는 거라곤 농사일과 만화그리기 뿐인데, 장군이에게 농사일을 꼭 가르쳐주고 싶습니다. 앞을 못 보지만 대신 손이 남보다 민감할 것이고요, 무엇보다 후각도 발달해 있을 겁니다. 하늘은 빼앗아간 것 대신 다른 것을 주기도 합니다. 나는 이거 하나만은 확실히 믿습니다. 내가 말을 못하는 대신, 남을 사귀지 못하는 대신 혼자 시간이 많았고 농사일에만 집중할 수 있었습니다. 다른 데에 전혀 신경을 쓰지 않게 된 건 내게는 큰 도움이 됐습니다.

나를 보고 착할 거라는 말을 여러 번 하던데, 난 장군이를 이번에 처음 봤을 뿐이고 알지도 못하는데…… 왠지 나도 장군이한테 무척 끌립니다. 정이 들게 하는 아이입니다. 내가 사람에게 이러는 거, 처음입니다.

지영 씨가 허락해주신다면 내가 장군이를 일 잘하는 농부로 꼭 만들어주고 싶습니다. 몸이 불편한 사람일수록 더 확실한 자기 일이 있어야 합니다. 이 편지를 쓰는데도 장군이가 한 말이 떠나지 않습니다. 거짓짓하는 거, 정말 하기 싫다던…… 아이가 울게 해서는 안 되잖아요. 지영 씨가 더 잘 알잖아요.

내 착각인지 모르지만 장군이가 나를 꽤 믿고 좋아하는 것 같았습니다. 말을 못하는 나를 답답하게 여길 테고 이상하게도 병신은 병신을 감싸주지도 못하는데…… 아마도 같은 그런 모습이 싫어서 더 그럴 겁니다. 그런데도 장군이는 왠지 끌리니, 장군이도 좋다면 나한테 장군이를 맡겨줘 보세요. 장군이를 보니 나도 누군가에게 도움을 주는 사람이 되고 싶었습니다. 내가 온 힘을 다해서 가르쳐

보겠습니다. 아들처럼 가르치겠습니다.

지영 씨를 언젠가는 만날 거라고 기대했던 일이 이뤄진 것을 보고 무척 신기했습니다. 내 몸이 이렇다 보니 소망이나 희망 같은 좋은 생각을 하며 살 수 없었는데…….

좋은 생각을 하면 좋은 일이 꼭 온다고 하는 말이 맞는가 봅니다.

지영 씨도 아들 장군이와 함께 고향에서 즐겁고 기쁘게 사시면 좋겠습니다. 울 일 없이 늘 기쁘고 즐겁게 사시면 좋겠습니다. 그래야 장군이도…….

그리고 참 어려운 말이지만, 옛날에 못해 본 친구도 지영 씨와 돼 보고 싶습니다.

죄송합니다.

김진석 올림

(추신) 만나서 직접 얘기로 나눠야 하지만, 제 사정을 이해해주시면 감사하겠습니다.

11

이 미천하기 그지없고 모든 사람들로부터 멸시만 받아온 나를 기억해주는 사람이 있었다. 사십 년이 넘게 나를 기억해주는 사람이 있었다. 이름 석 자만이 아니라 어릴 적 나에 대해, 나도 잊은 기억을 나 대신 품고 살아온 사람이 있었다.

결코 있을 수 있는 일이 아니다. 하지만 있을 수 없는 일이 나에게도 있었다, 나도 모르게.

'아들처럼 가르치겠습니다.'

나는 소리 내어 울지 않을 수 없었다. 회관 밖으로 나와 입을 막고 울어대기 시작했다. 속이 후련해지도록 울음을 다 토해놓고 난 뒤 고개를 드니 옛날 우리집 뒤로 불그스름하니 밝고 큰 보름달이 나를 쳐다보듯 바라보고 있었다. 나는 어린애처럼 울고 보름달은 이런 나를 보며 해맑게 웃어주고 있었다. 내일 또 그 자리에 그렇게 떠 있을 보름달이다.

10

이튿날 이른 아침, 구례산동댁 집에서 아침을 먹고 장군이에게 오늘 일할 밭을 일러주며 낮 12시에 회관에서 보자고 한다. 멈칫, 우물쭈물한다.

"갈 데가 없는겨?"

"없긴요. 하지만 오늘은 운주가 학교 가는 날이라서요."

"그럼 엄마하고 같이 밭에 놀러갈껴?"

"예, 엄마."

무릎을 접어 장군이 얼굴에 내 얼굴을 마주한다.

"어제 갔다는 그 학교가 별루였어?"

끄덕인다.

"엄마도 도와주고 어제 아저씨가 일을 가르쳐주시겠다고 하셨어요. 나는 일을 배우고 싶어요. 앞은 못 봐도 내가 할 일은 여기에 많다고 하셨어요. 엄마. 이젠 남에게 손을 내밀고 살 순 없어요. 이젠요."

"그럼, 그러믄. 없을 리가 없제. 하지만 너무 서두르진 말어. 밥도 한술한술 퍼먹잖여. 무슨 말인지 알제?"

"예, 엄마."

운주가 연두색 가방을 등에 메고 우물가로 내려오고 있다.

"학교 가기 싫어."

운주가 장군이에게 정말로 가기 싫은 표정을 짓는다.

'그 속에서 놀던 때가 그립습니다.'

여러 번 부르던 장군이가 떠오른다. 운주 뒤로 운주아버지와 어머니가 나타났다.

"잠깐 얘기하실 시간 있으신지요?"

운주아버지가 또 내게 할 말이 남았나? 나는 일을 준비하고 있는 구례산동댁을 쳐다본다.

"깅겨? 오래 걸릴 일이여?"

구례산동댁이다.

"아닙니다. 잠깐이면 됩니다."

마침 도착한 노란 버스를 타며 운주가 장군이에게 손을 흔든다. 내가 장군이 손을 잡아올려 같이 흔든다.

"이따가 봐, 장군아."

들렸을 텐데 대답이 없다.

"엄마, 난 내 일을 가져야 해요."

요란한 소리가 난다. 경운기가 나타났고 그 위에 운주삼촌이 앉아 있다. 나는 두 손을 공손히 모으고 허리를 굽혀 그에게 인사한다. 들리진 않겠지만 '감사하다'고 하며.

"<u>으으으으</u>…… 자……앙."

장군이를 부른다.

"장군아, 아저씨한테 따라가볼껴?"

"예, 좋아요. 그래도 돼요 엄마?"

그때다. 운주아버지다.

"장군아, 아직은…… 오늘은…… 그래, 다녀오렴. 형! 조심해야해. 이 꼬마는 농사에 대해 전혀 모르니깐."

"으응."

운주아버지가 장군이 손을 잡고 경운기 뒤에 태운다.

"여길 꼭 잡고 일어서면 절대 안 된다. 자동차하고 달라서 많이흔들리거든. 내릴 땐 저 아저씨가 잡아줄 거야. 잡아주기 전엔 절대혼자 내리려고 하지 말고."

"예. 운주아버님."

"자식, 어른스럽긴. 아저씨라고 해."

"예? 아니에요. 운주아버님."

엄마, 이따가 봐, 운주가 하듯 이 말을 남기고 경운기를 탄 장군이가 떠난다. 뒤돌아서 계속 쳐다본다. 꼭 감긴 눈 위로 한 손을 쭈욱 뻗어 흔든다. 감긴 눈의 얼굴이지만 웃고 있다.

"아주머님. 어제 형한테 편지 받으셨지요? 같은 걸 우리도 형한테 받았습니다. 두 분 사이에 그런 사연이 있는 줄 전혀 몰랐습니다. 형하고 다섯 살 차이가 나니까. 내가 세상에 나오고 얼마 안 돼 아주머님께서 고향을 떠나신 것 같습니다."

운주어머니가 남편의 허리를 팔로 툭 친다.

"형은 올가을, 그러니까 구월말에 결혼을 합니다. 나이 오십에 처음 하는 결혼이지요. 매우 어렵게 성사된 일입니다. 인간의 힘으론 정말 불가능한 일이지요. 더구나 형수님은 일본분이십니다. 옛 친구를 만나 형이 많이 흥분했던 것 같습니다. 형이 편지에 썼듯이 옛 친구로서 지내시면 친구 하나 없는 형도 좋고 아주머님도 좋을 것 같습니다."

"여보, 남녀가 것도 나이 오십이나 되신 분들이 어떻게 친구가 될 수 있어. 장군이 어머님. 제가 한참 어리지만 여자로서 솔직히 말씀드릴게요. 운주아빠가 오늘 시내에 나가서 아주머니 일자리를 알아본다고 했습니다. 장군이는…… 삼촌이 너무나 착하다 보니……."

난 고개만 끄덕인다.

"두 분 염려허지 마서유. 우린 며칠 후면 여길 떠날 참이닝께유."

"그러세요? 그러시면 더 좋지요. 감사합니다, 장군이 어머님."

옆에서 다 듣고 있던 구례산동댁이 끼어든다.

"며칠 후? 여기저기서 난린디? 일해달라고 야단여. 다 해주기로 약속도 혔잖여. 다 해줄라면 십 일도 모자라겠구만. 안 그려?"

"예. 그럼 십 일 후라도요. 올가을이 오기 전까지만……."

"여보. 이제 이쯤하고 그만 가자. 당신도 출근해야잖아. 고맙습니다, 아주머님. 죄송합니다."

구례산동댁이 뒤도 돌아보지 않고 묻는다.

"십 일 뒤 정말 떠날겨? 벌써 자네허구 정이 들었구만. 일은 만들면 되는 거구 없으면 나눠 하면 되는 거구. 자네 일허는 걸 보니 자네 엄마가 많이 생각나는구먼. 나랑 가장 가찹게 지냈잖여. 어째 사람이 한 번도 찾아오지 않는지, 참말로. 매정한 일만 당하고 살다 보니 똑같아져버리고 말았는감. 그래도 그렇지, 참말로. 야박스럽긴……."

9

금방 죽을 건 모르고서
천년만년 살자 하고
…………
죽었으면 좋았을 것을
산목숨이 못 죽을레라

진종일 덴동어미만 읊어대고 일은 하는 둥 마는 둥한다. 아무 사정도 모르는 구례산동댁이 어제보다 더딘 손길을 눈치채고 흙 묻은 손으로 땅을 짚고 있는 내 손을 잡아준다.

"있어. 딴 생각일랑 말고. 여기서 살어, 나랑 같이. 친구딸도 내 딸잉게. 엄마가 서울로 딸을 보내놓고 얼매나 울어쌌는지 참말로. 서울서 잘사는 친척집? 좋아혀네. 잘살기는커녕 서울에 친척 한 마리도 없었는디. 몹쓸 것들 허군."

8

밭으로 찾아온 장군이 얼굴이 싱글벙글하다.

"무슨 일을 배웠간디 그렇게 좋은 얼굴을 허고 있는 거여?"

"일은 안 했어요. 아저씨하고 남원 시내를 다녀왔어요. 경운기 타고요. 아저씨 옆에 타고 갔어요. 추어탕을 사주셨는데 정말 맛있었어요. 엄마, 여기."

들고 있는 상자를 앞으로 쭉 내민다.

"이거 엄마 갖다드리라고 하셨어요, 아저씨가요. 나도 살 때 먹어봤는데 정말루 맛있어요. 김부각이라고 한대요. 김맛도 나는 과자예요. 바삭바삭하고 구수하고 바다냄새도 나요. 아저씨가 엄마 드리라고……."

외할머니도 외할아버지도 떠오른다. 남원의 맛이고 세상 과자 중에 가장 맛난 맛인데…….

"아저씨가? 어떤 아저씨가?"

구례산동댁이 큰 소리로 묻는데 내 얼굴이 붉어지고 만다.

"운주삼촌요. 김 진짜 석짜 님요. 엄마랑 아주 어릴 때 친구였대요."

"이름도 알고 있는 거여? 운주삼촌만큼이나 똑똑한가비네, 장군이가. 그려, 그래야지. 어려운 사이끼리 더 정 나누고 더 가찹게 지내야제. 봤제? 십 일 후? 이런 건 없던 거여."

"십 일 후요? 그게 뭐예요?"

장군이가 놀란 듯이 묻는다.

"그런 게 있어. 엄마손 잡고 어여 내려가. 난 뒷마무리허구 뒤따라갈 텡께."

"아니여유. 이거 같이 드셔유."

"됐당께. 우린 매일 먹어 질려뿌렸응께 둘이서 맛나게 먹어. 엄마랑 아들이랑."

"제가 도와드릴게요. 들고 갈 거라도 주세요."

"그려? 그러믄 말여. 노래 한 자락 쭈욱 뽑아볼껴? 그게 우릴 도와주는 거니께."

"노래가 도와줘요? 으음, 좋아요. 생각났어요 방금 막요."

자라우물 노래에 제멋대로 가락을 붙여 부른다. 저렇게 좋아할까. 고향은 얼굴마저 싱글벙글하게 만든다.

사백 년 전 척동노인
도망치는 소를 쫓아
달려오니 이곳이네
놓쳐버린 소꽁무니
돌아오길 기다리며
숨이 차서 한 숨이요
소 잃어서 한 숨이네

"그게 노래여? 뭔 노래가 참말로."

"예. 우리 고향노래예요. 더 들어보세요. 아직 덜 끝냈으니까요."

부르다가 말을 거니
어디에서 끝냈는지
까먹었네 다음 노래
어차피 이리된 걸
뛰어넘어 불러보세
더 재미나는 구절로
넘어가서 불러보세

나는 웃고 말았다. 종일 내내 울적하기만 했는데, 찢긴 가슴으로도 아들 덕분에 웃는다.

"장군아. 장난 좀 그만 혀구. 엄마 배꼽이 빠져설라무네 흙 속으로 씨앗처럼 쏙 파묻혔구만."

"참말로. 엄만 또 뭔 소리다냐? 둘이서 죽을 짝짝 맞추며 노인네를 갖고 노는거? 시방?"

"죄송해요."

"어서 혀봐. 그럼 넘어가든 뛰어넘든 더 재미나는 데 노래혀봐. 어서 장군아."

내가 더 흥이 나서 아들을 부추긴다.

너도 좋고 나도 좋다
때가 됐다 때가 왔다
이 한 방이 마지막 돼
맞고 설래 그저 설래
얼씨구나 절씨구나
어쩔씨구 저쩔씨구
자라오줌 쇠오줌 돼
콸콸콸콸 쏟아지니
봇물 터진 저수지라
물에 빠진 생쥐됐네
내 꼴 보고 소가 웃고

뒤걸음쳐 피해 보니
짜라라라 짜자자잔

짜짜라라 짠짠짠
자라우물 생겼구나
자라우물 생겼도다
얼씨구나 좋을씨구
절씨구나 좋을씨구

"자라우물? 저 아래?"

"예. 자라우물 노래예요. 엄마가 지었고 아들이 불러요. 자라우물 생겼구나 자라우물 생겼도다, 맞고 설래 그저 설래 내 꼴 보고 소가 웃고 물에 빠진 생쥐됐네."

웃어야 할 때 나는 얼굴을 돌려 가슴에 파묻고 울고 만다.

7

"친구딸도 내 딸잉겨."

믿어보고 싶은 심정도 믿음일 것이다.

너도 좋고 나도 좋다

때가 됐다 때가 왔다

6

일을 시작하자 시간도 빨리 지나갔다. 나흘 사이에 구례산동댁 일을 끝내주고 다른 두 집의 밭일도 돌봐줬다. 장군이는 그동안 운주삼촌을 따라다녔지만 일을 배운 것 같진 않다. 그 며칠 사이 목사도 다녀갔고 무엇보다도 친구를 또 사십여 년 만에 만났다.

"요년이 왜 이제 나타났다냐. 내가 안 보고 싶었던겨?"

알고 지낸 지는 삼 년 남짓이고 소식도 모른 채 남처럼 산 지는 사십 년이니 몰라볼 만도 하건만 우리는 대뜸 알아봤다.

"너, 지영이? 요년이 참말로."

"넌, 숙경이 맞제? 너희집이 바뀌었더라."

숙경이가 나를 안아주며 "힘들었지?" 하는데 우리는 누가 먼저랄 것도 없이 아줌마 가슴을 출렁거리며 흐느껴 울고 말았다.

남원 시내에 살고 있다는 숙경이는 내가 왔단 소리를 듣고 단박에 달려왔다고 했다. 그녀는 남원시청에서 계장인가 공무원으로 근무하는데 하루 휴가까지 냈다고 했다. 순전히 나를 만나기 위해서, 나를.

"자라우물 가서 그때 첨시롱 우리 홀렁 다 벗어던지고 목간 할까?"

"남새스럽게 야가 참말로. 못할 거 없제. 혀자 혀. 브라 빤스 다 벗어뿐지고."

"누가 본다디? 누가 봐주간디? 그땐 어려서 안 봤을 거이고 지금은 늙어서 안 볼 거이고. 보여줄 때가 다 지나가버렸당께. 왜 이제 온겨. 좋은 시절 다 지내버리고 왜 이제 온겨? 어디 가서 코빼기도 안 보이고 그렇게 좋았던겨?"

숙경이는 운주삼촌하고 초등학교도 함께 다녔다.

"단짝친구였는디. 불알친구였응께."

"야가, 참 입이 거칠어졌구만. 전엔 얌전허지 않았냐?"

"거칠어? 피부만여. 피부만 거칠어져뿌렀제. 세월이…… 진석이가 말여."

말을 잃고 난 뒤 누구와도 만나려고 하지 않았다. 학교를 그만둬야 했으니 둘 사이도 멀어졌고 사춘기를 지나면서 둘은 더 서먹해지고 말았다.

"지금도 그래. 나이 들었다고 달라진 건 없어야. 그래도 친군 친군께. 오늘 너 만나기 전에 네 년이 왔다는 걸 진석이가 알려줬다니께. 시청까지 경운기를 끌고 와서는…… 네 년에 대해서 을매나 꼬치꼬치 묻던지. 내가 뭘 알아야 말을 해주지, 참말로. 갸가 말을 못하니 남을 무척 꺼리는디 종이에 써가며 을매나 캐묻던지. 내가 질투가 다 날 정도였잖냐. 너를 보러 온 거지만 사실은 진석이 때문에도 왔제, 여길. 사내애를 데꼬 왔다며? 아들일 테고 결혼은 한 것이고, 그럼 남편은?"

이걸 가장 궁금해하더란다. 남편이 있느냐고? 숙경이가 내 눈을 똑바로 쳐다본다.

"경운기에 같이 타고 왔던 그 꼬마가? 눈이…… 네 아들이여? 진석이 그 녀석이 꼭 지 아들처럼…… 진석이 갸가 널 좋아했던 것 같여. 그 전부터 말여. 내 느낌상. 공무원 짠밥 삼십 년이다. 내가 그래 봬도."

세 번의 결혼, 아들 셋, 그리고 다 잃고 혼자 살다가……

"지 아들이 눈이 멀었다고 돌려보네? 이런 후레자식이 다 있나. 그런 놈이라면 아주아주 잘 끝낸 거구."

공무원이 아니랄까봐 서류상 깨끗하냐고도 묻는다. 결혼 세 번이지만 신고는 한 번밖에 없었다. 그 폐병으로 죽은……

"그게 내 복잉께."

"복? 이년이 착한 건 여전혀서…… 그러니 팔자가…… 암튼, 이년아, 너 이젠 이년 말 잘 들어. 공무원 짠밥 삼십 년, 들었지? 니 인생은 니가 챙기는 거여. 남이 절대…… 챙겨주긴? 빼앗아가지 않는 것만으로도 감사혀야 할 세상여 지금이. 근디, 니 아들은 어따 두고?"

"운주삼촌하고 경운기 타고 또 따라갔어. 일 배운다고 허면서."

"운주삼촌?"

"김진석 씨."

숙경이가 숨이 넘어갈듯이 깔깔깔 웃어댔다.

"김진석 씨? 거 듣기 좋다. 좋아. 그니께 넌 깨끗하다 이거지 서류상 시방은? 과거는 알려고도 묻지도 말아야 허는 거니껜. 좋아 그러믄."

"진석 씨가 친구허자고 허긴 허는디, 내가 여기 계속 있을 수도 없고 올가을에 장가간다고 허드라."

"누가? 진석이가? 누구랑? 갸, 절대 결혼 않는다고 혔는디, 그 사이에 얼매나 좋은 여자가 생겼간디 참말로."

"일본 여자분이래."

"뭐여? 말을 못하니 손으로 펜팔이라도 헌겨? 아…… 알겄다. 여기 남원에도 그런 부부가 꽤 되거든. 아무튼 좌우당간 너도 좋냐? 김진석 씨가?"

"야가. 좋고 말고가 어딨어야. 난 결혼을 어떻든 세 번이나 간 여자고 애를 셋이나 낳았고 진석 씬 전혀 한 번도……."

"딸린 건 아니잖여. 남자도 애도. 애는 하나만 딸린 거 아녀? 맞지? 맞제?"

고개를 끄덕일 수밖에 없었다. 맞긴 맞는 말이니.

'니 인생은 니가 챙기는 거여. 남이……'

아들 장군이만으로도 충분히 고맙고 감사하다. 더 무엇을 바라겠는가. 바란다면 욕심이다. 욕심은 내게 절대 어울리지 않는 옷이다. 하지만 장군이를 곁에 끼고만 있는 것이 사랑은 아닐 것이다. 장군이를 진정 위하는 것도 못 된다.

"진석 씨가 장군이한테 일을 가르쳐준다고 했응께. 그것만으로도 너무너무 고마울 뿐이제. 더 바라는 것은 없고 더 바래서도 안되는 것인게."

나는 진석이 편지를 가슴에서 꺼내 숙경이에게 내보였다. 읽어보더니,

"허허 참말로, 야가 야들이 시팔 청춘이라냐? 이팔청춘인가? 진석이 이놈이…… 연애편지를 썼구만, 연애편질. 알겄응께, 이젠 너

희 둘, 다 나한테 맡겨. 니 인생 니 스스로 절대 챙길 년은 아닌 것 같은께 남인 내가 나서준다 내가. 근디 우리가 남인겨? 우리가 남만은 아니제? 너랑은 정말…… 무슨 친구라 혀야 허나? 왜 달린 것들만 친구가 있어야 하는 것처럼…… 덜렁이 없는 우린 뭐 어릴 적 빨개 다 벗고 놀 친구도 없으란 말여? 이런…… 그려, 납짝친구, 딱이다. 넌 내 납짝이 친구여. 그니께 넌 넙죽이 납짝친구, 나한테 달라붙으면 되는 거여. 알간? 모르간? 덜렁덜렁대는 것보단 짝 달라붙은 납짝이가 더 쓸만헐 테니 구경이나 혀. 굿이나 보고 떡이나 먹으라고. 여태 그리 산 것 이번 한 번만 더 딱. 마지막이여. 그 다음은 니가 알아서 혀야 혀. 니 인생."

나를 찾는 사람이 또 있었다. 목사도 나를 찾아왔다. 운주네가 아닌 나에게 볼 일이 있다고 했다. 사모도 함께 왔다.

인간의 힘으로는 절대 될 수 없는 일이라고 전에 한 말을 했고, 지상에서의 삶이 풀리면 하늘에서도 풀리지만 지상에서 맺힌 삶을 살았다면 하늘에서도 맺힐 수밖에 없다는, 역시 전에 한 말을 거듭했다. 그러니 맺힌 일이 있으면 지상에서 다 풀어내야 한다. 곧 지상에서 축복 받는 삶을 살아야 한다. 그러므로 지상에서의 삶은 중요하고 소중하다. 지상에서 제대로 살아야 한다. 지상천국 없이 하늘 천국 없다. 그러기 위해 거듭나야 하며 인간 스스로 거듭날 수

없기에 중생, 즉 거듭나게 하기 위해 참부모님이 지상에 오신 것이
다, 라는 이해할 수 없는 말을 했다.

"교회를 다녀본 적이 있으신가요?"

내가 다니고자 해서가 아니라 서울 창경원에서 어느 아주머니 손
에 이끌려 간 곳이 교회였다. 그 교회 고아원이었고 매주 일요일마
다 예배에 참석했다. 일만 죽어라고 했던 기억이 더 많은 교회며 고
아원이고 양로원이었다. 그후 그 교회 집사집에서 식모로 일했다.
말 그대로 식모였다. 열 살도 안 된 아이는 자질구레한 집안일은 다
해야 했다. 그리고 일요일엔 주인인 집사를 따라 교회에 가야 했다.

"아시는 찬송가가 있나요?"

하도 들어서 저절로, 그러나 어느 때부터는 애써 잊어버리려 했
던 찬송가 하나가 떠올랐다.

"불러보실 수 있겠습니까? 편하게……."

"괜찮아요."

사모도 거든다. 어찌 부를 수 있겠는가. 속으로 불러보기만 했다.

나 주를 멀리 떠나서 이제 옵니다.
나 이제 왔으니 내 주를 찾아

주를 찾아온 것도 아니고 그 주가 누군지도 모르고 무조건 남 따

라 불렀던 노래다. 이 노래를 중얼거릴 때마다 이런 생각을 했다.

주가 계시다면 왜 나 같은 사람을 이렇게 버리시기만 하는 건지, 나는 죄 한 번 짓지 않은 것은 물론이요 죄 지을 마음도 품지 않았건만 내가 태어나기도 전에 내가 알 수도 없는 죄를 지었다며 그러니 매우 어려운 말인 구원을 받아야 한다고…… 나는 착하게 살기만 하면, 그리고 죄를 짓지 않고 사는 것이면 되는 줄 알았다. 그러나 계속 되는 아픈 일로 오히려 원망을 하게 되었고 그래서 한때 부르면 마음은 편했던 이 찬송가도 억지로 지워버려야 했었다. 내 궂은 삶을 이 노래가 풀어주진 못했다.

"성경책을 읽어보셨나요?"

분명하게 고개를 저어 아니라고 했다.

"하나님이 세상을 창조하셨단 말씀은 들어보셨나요?"

나는 이 질문에 대답은 않고 다른 말을 했다.

"왜 그러세요, 저에게. 저는 죄를 지은 것도 없고 당장 먹고살 일이 막막한 사람이 창조 같은 것을 생각하고 말 겨를이 있었간디요."

하지만 목사는 또 물었다.

"아담과 이브는 들어보셨겠지요?"

이건 끄덕거리며 안다고 했다. 사람들이 크리스마스가 되면 얘기했던가 아무튼 기억이 났다.

"하나님은 아담과 이브라는 부부를 세상에 내려보내셨습니다. 지금으로부터 이천 년 전엔 하나님께선 외아들이신 예수님을 직접 지상에 보내셨습니다. 아시나요?"

이천 년 전인진 몰라도 예수님은 알고 있다.

"예."

자신 없게 대답했다.

"세상을 구원하기 위해서 오신 예수님은 인간에 의해 십자가에서 돌아가셨지만 삼 일 만에 부활하셨습니다. 다시 하나님, 아버님 곁으로 올라가신 것이지요. 하지만 다시 내려오시겠다고 약속을 했습니다. 재림이지요. 다시 오실 때 아담과 이브처럼 부부로 내려오실 것을 예언하셨습니다. 어린양의 혼인잔치로 예언하신 것이지요. 지금으로부터 천팔백 년 전, 그러니까 예수님께서 부활하시어 하늘로 올라가신 뒤 이백 년 후에 유럽의 한 예언자가 여성 예수님이 내려오실 것을 주장하기도 했지만 실현되지는 않았습니다. 현재에 이르렀고 재림의 시대에 우리가 살고 있습니다."

왜 이런 말을 내게 하는 것인가. 이 말씀을 하시려고 오신 것이라면 나를 교회에 나오라고 하시는 건가. 솔직한 내 심정은 나를 구하러 오신 것이라면 나 같은, 그리고 장군이 같은 가여운 사람들을 구해주셔야 하는 것 아닌가. 이런 생각을 하며 목사의 말을 갸우뚱거리며 듣고 있었다.

"이번에 부부로 내려오셨습니다. 그분이 바로 참부모님이십니다. 참부모님께선 참가정을 이루는 일이 지상에서부터 구원받는 일이며 참가정은 부부의 탄생으로부터 시작된다고 하셨습니다."

목사가 잠깐 숨을 돌리자 사모가 말을 이어갔다.

"우리는 결혼이라고 하지 않고 축복받는다고 합니다. 축복 없는 결혼은 부부가 된다고 해도 진정한 의미의 부부라고 할 수 없겠지요."

이제 무슨 얘기를 하려는 건지 짐작이 됐다. 올가을에 결혼할 김진석 씨와 일본여자. 나와 상관이 없는 일인데 왜?

"축복은 평화로운 가운데서만 받을 수 있습니다. 평화의 참부모님께선 세상에서 가장 열악한 환경의 아프리카나 태평양 오지 사람들을 찾아다니셨습니다. 평화의 세계를 지상에서 만들어야 한다는 하나님의 명령을 실천하고 계신 것입니다."

목사가 사모의 말을 이어받았다. 나는 계속 다 옳은 말씀이기에 공감한다는 뜻으로, 그리고 나도 바라는 것이라고 고개를 연신 위아래로 끄덕였다.

"김진석 씨도 비로소 축복받게 되었습니다. 닫힌 가슴을 김진석 님도 열게 되었습니다. 인간의 힘으로는 불가능한 일이었습니다.

칠 년이나 걸렸지만 참부모님은 마침내 이뤄주셨습니다."

부부가 되기 전에 건강진단서를 서로 제출해야 하며 무엇보다도 솔직해야 한다, 거짓이 없어야 한다, 남을 속이는 일은 죄 중에서 가장 큰 죄요 모든 죄의 시작이라고 했다. 나는 이 말씀에 가장 자신 있게 고개를 끄덕였다.

"김진석 씨는 온전한 부부가 되기에는 결함이 있음에도 불구하고 이를 흔쾌히 받아들인 여성이 있었습니다. 봉사와 희생을 삶에 가장 큰 가치와 의미로 삼고 살아왔던 일본의 엘리트 여성입니다. 당연히 참가정의 가족이십니다. 그 분과 함께 김진석 씨는 축복을 받게 된 것입니다."

결함이란 말에 나는 장군이를 떠올렸다. 그래도 축복을 받을 수 있게 됐다는 말에 희망을 가져보았다.

"아주머님께서 그동안 어떻게 사셨는지 모르겠지만, 아주머님께서도 꼭 축복받을 일이 곧 일어나기를 기도드리겠습니다."

처음 얘기한 말로 마무리를 지었다

"지상에서의 삶이 풀리면 하늘에서도 풀리고…… 맺히면…… 아주머님의 삶도 잘 풀릴 수 있길 저희가 기도드리겠습니다."

그는 작은 책자 한 권을 내게 건넸다.

"훈독을 여러 번 하시면 뜻이 이뤄집니다."

착잡한 심정으로 그 책을 밤새 다 읽었다. 알 수 없어서 또 한 번 읽었다. 내게는 매우 어려운 글이었다. 하지만 두 번 읽고 나니 저절로 눈이 감기며 두 손이 모아졌다. 기도를 드리고 있었다. 처음 있는 일이었다.

"우리 장군이에겐 맺힌 삶을 살게 하지 마시옵고 앞으로 잘 풀리는 삶을 살게 이끌어주시옵소서."

난 더 바라는 것은 없다. 네 어머니가 내게 한 말처럼,

'니 꼴처럼 니 자식도 그렇게 살게 할 거냐?'

그렇게 살 수 없다는 생각이 뱃속의 아이를 죽였고 죄를 짓게 하고 말았다. 하지만 그 말은 평생 잊지 못하고 내게 붙어다녔다. 장군이를 내 꼴처럼 살게 할 순 없다……

5

며칠 뒤 숙경이가 찾아왔다.

"내일 일요일이니 옛친구 셋이서 만나는 거다. 너와 나, 그리고 진석이. 우리 납짝들 노는데 딜렁이 하나 끼워준 건게. 내일 열두 시에 이리로 다시 올 거다. 내일 봐!"

지말만 하고 숙경이가 떠났다. 일요일이라도 시골엔 일이 있다. 마침 일해주기로 한 분도 교회에 나갔다. 운주네와는 다른 마을 입구에 있는 교회다. 숙경이가 제 차를 몰고 시간 맞춰 왔다. 장군이를 혼자 두고 가는 게 마음에 걸린다. 숙경이가 내 맘을 헤아리고 장군이의 두 손을 맞잡는다.

"장군아, 엄마도 가끔은 놀아야 하거든. 저 아저씨 잘 알지? 저 아저씨랑 엄마랑 할 얘기가 있어. 장군이 친구 누구더라? 아, 운주랑 오늘은 놀기로 하고 엄마도 저 아저씨도 잠깐만 나에게 빌려줘, 응?"

"예. 엄마가 아저씨랑요? 예, 좋아요. 나도 운주랑 동네 형이랑
놀고 있을께요."

"동네 형도 생겼어?"

"예. 형 정말 좋아요."

자라우물을 지나 운주와 삼촌이 걸어 나오고 있다.

"장군아, 삼촌이 우리 먹으라고 찐 옥수수 싸줬어. 우리 백제산으
로 놀러가서 거기서 이거 먹자."

"좋아. 주만이 형도 올 거야."

"주만이 오빠가? 그래. 좀 기다렸다가 같이 가자. 여기, 따뜻할
때 먹어봐. 찰옥수순데 가마솥에서 쪄서 더 맛있을 거야."

"가마솥?"

"응, 이따가 삼촌집에 가서 보여줄게. 삼촌집엔 가마솥이 세 개나
돼. 가마솥 부자야, 삼촌은."

"아저씨, 그래도 돼요?"

진석은 장군이의 어깨를 안아주며 "으응" 대답한다. 숙경이다.

"부자 같군, 하는 게. 아들 같다고. 진석이 아들 같단 말여."

나는 차 문을 열며 어색함을 피한다.

"지영이 넌 뒤에 타. 앞엔 진석이가 타고."

달려오는 통통한 사내아이가 장군이와 하이파이브를 한다. 나 말
고도 하이파이브할 친구가 생긴 장군이를 보니 흐뭇하다.

'나도 형이 생겼어요.'

언덕으로 올라가는 아이들을 따라 차가 뒤따른다.

"너희 집이었던 거 알제?"

운전대를 잡은 손 대신 턱을 치켜올리며 옛날 우리집을 가리
킨다.

"지난 일들은 오늘부로 다 지워버리는 거다. 진석이? 지영이? 알
제? 어릴 때로 다시 돌아가서 앞으로 앞으로, 포워드!"

앞으로 앞으로 앞으로 앞으로
지구는 둥그니께 자꾸 걸어나가면
온 세상 어린이들 다 만나고 오겠네
온 세상 어른들도 하하하하 웃으면
그 소리 들리겠네 달나라까정
앞으로 앞으로 앞으로 앞으로

숙경이가 애들 노래를 참으로 씩씩하고 시원스럽게도 부른다. 진
석이가 앉은 오른쪽 창문이 열린다. 앞으로 앞으로 앞으로 앞으로,
더 큰소리로 질러 부르자 쳐다보던 운주가 따라서 더 크게 부른다.

앞으로 앞으로 앞으로 앞으로. 장군이도 주만이 형도 우렁차게 따라 부른다.

육모정을 지나 정령치에서 차를 세운다. 산 오르막길의 정상이다.

"여기 어뗘? 오른쪽은 경상도, 왼쪽은 전라도, 앞쪽은 아마도 충청도, 경기도, 강원도라. 뒤쪽은 아마도 제주도일 게고…… 여기선 우리나라가 다 보이지. 보이제? 다! 동서남북 그 중심이여 여기가. 우린 그 중심에 선 거랑께. 세상의 중심에 말여!"

차 안에서 가만히 앞만 보고 가는 운주삼촌에게 처음으로 말을 걸었다.

"운주삼촌, 편지 잘 받았습니다."

운전하던 숙경이가 고함을 지르며 호들갑스럽게 끼어든다.

"야가야가. 친구랑께 우리 셋은. 불알이든 납짝이든 어릴 적 친구라고요 친구, 우린."

"으으……"

김진석의 대답일 테지.

"근디, 무슨 편지를? 아따 요것들이 벌써 연애편질 오가며 나눈 거여?"

숙경이가 모른 척 딴청을 부린다. 숙경이가 진석이를 두 번 더 만났다고 어제 귀띔을 줬다.

"확실해. 넌 진석이 그놈한테 딱 걸렸어. 응큼한 놈. 네 년이 뭐가 좋다고. 고향도 버린 년을."

어제 이랬다. 그래서 오늘 만남에 끼지 않으려 했다.

"니가 챙기지 못하는 인생, 친구인 내가 챙겨볼라니껜 니 인생 넌 구경만 혀. 여태 그렇게 살아왔잖여? 그게 네 년 특기잖여? 지 인생 남에게! 니 철학 아녀?"

어제 또 이런 말도 했다.

더 마다고만 할 수 없는 것, 장군이가 핑계가 될지 모르지만 장군이를 봐서라도 내 인생을 내가 나 몰라라 할 순 없다. 미안한 건 보지도 못한 그 일본여자였고 더 미안한 건 진석이었다. 그 좋은 여자를 놔두고 하필 이 지지리도 못난 나 같은 여자에게…… 그렇지만 일본여자는 가진 게 많은 여자다. 대학원을 나오고 대학교에서 강의를 하고…… 김진석 말고도 봉사하고 희생할 남자는 많을 것이다. 나는? 한 남자에게만은 봉사하고 희생하는 것, 어느 누구 어느 여자보다도 내가 더 자신할 수 있다. 그래도 김진석을 생각하면 나는 물러나야 한다. 세 번의 결혼 그리고 실패…….

"너, 이년. 딴생각 품었다간 내 손에 갈 줄 알어. 내가 무턱대고 질러대기만 하는 여잔 줄 아냐? 매우 합리적이고요 매우 상식적이

고요 매우 괜찮은 남원시청의 삼십 년차 공무원이랑께. 나만 믿고 넌. 아냐? 모르겄지. 진석이 동생도 내가 만나봤다는 거 아녀. 진석이 동생도 형이 일본여자랑 결혼하는 것에 대해서 많이 걱정하고 있더라. 아무리 괜찮은 분이라 해도 형은 자존심이 강해서 그 자존심 때문에 결혼을 못한 게 아니라 안 한 거라더라. 그럴 만도 허지. 갸는 일곱 살 때 면서기를 감투 쓰지 않았냐. 난 꼬박 삼십 년이 걸린 걸 단 일곱 살 때에, 그럴 만도 허겄제?"

정령치에서 진석이와 나는 산 아래와 산 위 세상을 위로 아래로 내려다보고 올려다만 볼 뿐이다. 내가 떠난 뒤의 고향이야기를 숙경이가 늘어놓으며 묻는 말.

"진석이 넌 어떻게 공부를 그럼시롱 잘 했냐? 선생님들마다, 다른 학년 선생님들까지도 널 얼매나 칭찬하던지, 듣는 우리 기죽어서 널 을매나 미워했는 줄은 아냐? 핵교 그만둘 때 좋아한 년놈들이 있었을 정도니께. 너한테 치여 맨 이등만 하던 것들이 말여, 너 나가고 그것들이 일등을 차지혔는디 지가 잘 해서 일등헌 줄 알고 자랑하는 꼬라지는 정말 가관이었제. 진석이 때가 더 좋았단 말을 우리같이 얌전한 애들은 아쉬워했응께. 진석인 지자랑 같은 건 아예 허들 않았으니께. 이제야 털어놓는디…… 내가 널 한때 쬐끔 이만치…… 정령치만치 이만치……."

엄지와 검지 끝을 모아잡는다.

"좋아했던 적이 있었제. 나의 첫 짝사랑. 근디 시방 와서 딴 년한 테? 고향도 등진 년한테? 이런……."

숙경이가 화는커녕 깔깔깔 웃어재끼며 진석이와 내 어깨를 감싸안는다.

"앞으로 잘살자. 우리 셋, 친구 좋지? 세트 삼총사, 고향을 등진다거나 변심한다거나…… 배신 비스무리한 것도 안 때리 기다, 약속!"

우린 손가락까지 걸어야 했다. 세상의 중심이라는 정령치에서의 친구선언. 숙경이가 싸온 유부초밥에 캔커피로 점심을 했고, 후식 은 맑은 공기와 기분 좋은 마음으로 채웠다. 돌아 내려가려고 차에 오르자마자 진석이가 내게 봉투를 내민다. 전에 받은 봉투와 같다. 열어보려니,

"지……지.이 ㅂ"

"집이라잖여? 집에서 혼자 까보라잖여, 눈치 없이 참말로. 엄청 스레 약이 바싹바싹 오르려고 허네. 나의 첫 짝사랑이 시방 내 앞에 서 뭔 짓을 허고 자빠진겨 참말로. 어이구 속 터져."

시동을 건 후 숙경이가 고개를 돌려 나를 본다.

"지영아, 지영이가 앞으론 정말 웃는 일만 많았으면 좋겠다. 웃는 일만. 이젠 울지 말고 말여. 그치 진석아?"

₄

지영 씨가 허락해주신다면 지영 씨와 결혼하고 싶습니다. 장군이를 내 아들로 맞아들이고 싶습니다. 장군이는 정말 귀여운 내 아들입니다, 지금도.

3

잊으려고 일만 했던 것 같다. 딴생각을 하지 않으려고 일에만 매달렸던 것 같다. 한 달이란 시간이 지나고 무더운 여름이 시작되는가 싶더니 장마란다. 일요일마다 숙경이가 놀러 왔고 우리 세 친구는 또 함께 했다. 여전히 말은 숙경이가 차지했고 우리 둘은 듣기만 했다. 진석이와 나에 대해서도 마치 싹 잊은 듯이 얘기를 꺼내지 않았다.

"오늘은 뭘 구경하러 갈까?"

전주에 가서 영화도 봤다.

"오늘은 맛있는 뭘로 먹을까?"

구례에 가서 처음으로 염소탕이란 것도 먹었다. 전혀 노린내가 나지 않았다. 광한루는 자주 갔고 숙경이 남편도 같이했다. 그는 고등학교 선생이고 전주에 있는 학교에 다녔다.

"당신 덕분에 짝이 아주 예쁘게 채워졌네. 어구어구 예쁜 내 당신."

숙경이는 우리 앞에서 보란 듯이 일부러 더 남편을 많이 안았다. 운주아버지는 내게 "형을 잘 부탁한다"는 말을 했다. 늦어도 올가을 전엔 고향을 떠나달라고 하지 않았던가.

"우리는 형이 좋아하는 분과 가정을 이루면 더 좋겠단 생각입니다. 형은 평생 외롭게 살았습니다. 동생인 나에게도 먼저 말을 건 적이 없었습니다."

그러면서 형의 그림이라며 만화 몇 장을 보여줬다. 다 뒷모습이었다. 어린 여자아이의 뒷모습.

"이제 형이 이 그림의 주인을 찾은 것 같습니다."

목사가 찾아온다고 했다. 이번엔 혼자다.

"일본에서 김진석 씨에게 보내온 서신입니다."

"제가 왜?"

"노구치 유미코 상은, 올가을에 축복받으러 오실 예정이었던 분입니다. 이 분은 김진석 씨가 더 좋은 분을 만나서 더 잘 됐다고 편지에 썼습니다. 유미코 상은 몸이 불편해서 누군가의 도움이 꼭 필요한 한국남자를 찾아달라고 합니다. 우리 참가정연합에서는 탕감이란 말을 자주 씁니다. 거듭나기 위해서는 탕감을 해야 한다는 것이지요. 탕감이란 진 빚을 갚는다는 뜻입니다. 갚아야 거듭날 수 있다는 것, 그래야 지상에서의 삶도 풀리고 그래야 저 하늘천국에서의 삶도 풀릴 수 있으니까요. 유미코 상은 일본이 한국에 대해 저지른 죄를 자기라도 갚아야 한다고 생각해왔고 그것을 꼭 실천하고 싶어합니다. 그래서 김진석 씨와 맺어질 뻔했던 것이지요. 이것이 유미코 상의 탕감이며 유미코 상의 거듭나기, 바로 중생인 것입니다.

참어머님께선 네 명의 아들을 먼저 하늘나라로 보내셨습니다. 밤하늘의 달님을 자주 보셨는데 달님을 통해 하늘에 있는 아들들과 소통을 하시는 것입니다. 어머니로서 얼마나 큰 아픔이며 고통이겠습니까. 하지만 울지 않으십니다. 네 아들만 가슴에 품고 계신 것이 아닙니다. 세상의 어머니로, 평화의 어머니로 세상에 오신 이유가 계시니까요.

아주머님은 세 아들과 생이별을 하셨다가 뒤늦게 한 아들을 다시 만나셨다고 들었습니다. 오해 마시고 들어주시길 바랍니다. 그 아들이 눈이 다치지 않았다면 엄마 곁으로 올 수 있었을까요? 아들을 만나고자 고대했던 희망이 이뤄졌습니다. 이 희망은 엄마에게도 아들에게도 절실했을 것입니다. 그런데 아들이 아픔을 가진 후에야 이뤄질 수 있었습니다. 이것이 바로 탕감이라는 것입니다.

예수님께서 십자가에 못 박혀 돌아가신 것은 바로 타락한 인간을 구원하기 위해 스스로 육의 생명을 버리시는 탕감을 택하신 것입니다. 참어머님 또한 독생녀로 세상에 오셔서 세상에서 가장 어려움을 겪고 아픔이 큰 사람들 곁을 찾아가셨습니다. 지구의 어느 곳이든 상관이 없었습니다. 그곳은 주로 아프리카와 태평양의 작은 섬들입니다. 그들의 가슴에 평화를 안겨주고 축복을 내려주시기 위해 그들과 아픔의 고통을 함께 하며 스스로 탕감하는 본을 보이고 계십니다. 네 아들을 먼저 하늘로 보내면서도 인류를 구원하고 축복해야 하는 일, 바로 평화를 이 세상에 심어 모든 인류가 이 지상을 평화의 천국으로 여기며 살 수 있게 매일매일 전 세계의 어두운 곳을 찾아다니십니다.

　아주머님께선 오랜 동안 그저 그냥, 팔자니까 하며 살아오셨다고 하셨습니다. 이러한 삶은 자기의 삶을 포기하는 것으로, 살아있음을 부정하는 것입니다. 우연이라고 보실지 모르겠지만 구원의 손길은 그저, 그냥, 팔자대로 전해지지 않습니다. 그것을 스스로 떨쳐내는 탕감으로 거듭나야 하는데 스스로 그러하지 못하는 게 인간입니다. 아주머님만이 아닙니다. 그래서 참어머님이 세상에 오신 것입니다. 거듭나게 해주기 위해서 오신 것입니다. 탕감은 축복으로 이어집니다.

이천 년 전 하나님은 이 땅에 독생자이신 예수님을 내려보내시며 인류를 구원하려 하셨습니다. 하나님은 독생녀도 내려보내실 것은 예정하셨지만 인간은 서른세 살의 예수님을 십자가에 매달려 죽게 하는 죄를 또 범하고 말았습니다. 이천 년 뒤 성경에서 말씀하신 대로 하나님은 이번엔 독생녀도 함께 이 땅에 내려보내셨습니다. 세상을 창조하실 때 아담과 이브를 이 세상에 내려보내셨듯이 말입니다. 욕심으로 타락한 인간세계를 구원하는 유일한 길은 어머니의 품, 바로 평화라고 여기셨던 하나님은 침략과 분단의 역사라는 아픔의 나라, 한국을 택하셨습니다. 애굽의 노예민족 이스라엘을 이천 년에 택하셨듯이.

장군이 어머님도 이제 평화의 어머님 품에 안기셨습니다. 아주머님이 장군이를 품는 마음과 같이 참어머님이 아주머님을 안고 계십니다.

'나를 믿어주는 누군가가 있다면 어떻겠습니까?

든든하시겠지요? 그 누군가는 아들 장군이가 될 수 있고 김진석 님이 될 수도 있습니다. 여기에 더 크고 넓으신 참부모님이 아주머님의 그 누군가가 되어주신다면 어떨 것 같습니까? 더욱더 든든하시겠지요? 참어머님은 세상의 모든 어머니를 무궁하게 보십니다. 세상의 어머니야말로 무궁한 힘을 가졌다고 보십니다.

그 어머니의 힘이 바로 평화입니다. 이제부터 참부모님의 평화의 품 안에서 제대로 풀리는 삶을 사시길 기도드립니다. 제가 세 분을 위해 기도를 드려도 되겠습니까?"

어떤 대답을 할 수 있었겠는가. 그가 하는 말을 눈 감고 들으며 마음이 편안해지는 것을 느낀다. 이것이 평화라는 것인가.

"…… 김진석 님과 그의 가족이 된 양지영 님, 그리고 김장군 군의 가슴에 늘 평화가 깃들길 참부모님께서 축복하여 주시옵소서."

그는 장군이에게 김 씨 성을 붙였다.

"내 아들이니 당연하지요."

김진석이다.

2

우연이라고 말할 수 없는 게 많다.

열세 살 어린 아들이 길에서 폭력만이 아니라 성폭행을 당하고 들어온 날, 아무 말 없이 어떤 화도 분노도 터트리지 못한 채 홀로 멍하니 벽만 바라보고 있던 장군이를 보면서 고향을 떠올렸고, 고향 가는 길이 이승에서의 마지막 여행이며 아들과의 마지막 동행이라고 생각했다. 그렇게 찾아간 고향, 두 달 사이에 우연이랄 수 없는 어떤 큰 힘을 느끼며 필연, 나도 모르게 꼭 오고야 말 그런 필연이라고 믿지 않을 수 없게 하는 무언가가 있었다.

'나를 믿어주는 누군가'

이것은 믿는 마음으로, 희망과는 다른 것 같다. 희망은 절망을 동반하지만 이 믿음은 내게 믿음 그 자체로도 충분했다. 다른 게 동반하지 않았다. 장군이도 믿어주는 그 누군가가 한 명 더 생겼다. 운

주삼촌을 아빠라고 불렀다. 나를 엄마라고 부를 때보다 아빠라고
부르는 장군이에게서 내 가슴은 더 울컥하고 만다.

i

그뒤 목사는 사모와 함께 또 나를 찾아왔다.

긴 장마가 막 끝나가고 있던 7월말이었다.

"고향을 가져야 해요. 고향은 바로 평화니까요. 통일한 마음이니까요. 그 고향을 이젠 두 분이 품을 수 있게 돼서 저희도 기쁩니다."

이 말만, 그전 설교 같은 긴 말씀과는 달리 아주 짧게 이 말만 하고 떠났다. 목사와 사모를 다시 만난 때는 두어 달 뒤인 9월말 서울의 잠실운동장에서였다. 그는 웃음으로 우릴 맞아주었고 다른 말을 더 하진 않았다. 3만 쌍의 축복식이 있던 날 그 김진석은 턱시도를, 양지영은 하얀 웨딩드레스를 입고 축복 받는 많은 사람들 속에 있었다. 장군이는 관중석에서 운주와 함께 우릴 보고 있을 것이다. 함께 듣고 있을 것이다.

연단의 오케스트라가 베토벤의 〈합창〉을 연주하고 연주악단 위의 합창대가 실러의 〈환희의 노래〉를 부른다. 대형 화면엔 자막이 흐른다.

위대한 하늘의 선물을 받은 자여
벗을 비로소 얻은 자여
정숙한 여성을 얻은 자여

다 함께 환희의 노래를 부르자
단 하나의 넋이라도
진정 자기의 것이라고 부를 수 있는 자는
우리 환희, 평화의 대열로 오라 오라
모든 이들은 형제요 자매가 되리라
환희여, 평화여
하늘의 아름다운 계획에 의해
수많은 별들이 무한한 궤도를 서로 어우러져 즐거이 날아가듯이
형제들이여
자매들이여
그대의 길을 개선영웅처럼 기뻐하며 달려라
당신은,
당신은,
평화로 오신 분으로부터
축복받은 자

들으며 보며 읽고 있다. 읽어주고 있다. 장군이에게 그리고……

"당신은, 당신은, 평화로 오신 분으로부터 축복받은 자"

스피커로 한 여자의 음성이 운동장에 울려퍼진다.

"아이들이 희망이 되는 세상이어야 합니다. 그 희망은 바로 우리 어머니에게서 나옵니다. 어머니의 세상이 옵니다. 평화의 세상이 옵니다. 오늘 축복받는 여러분의 가슴에서 희망의 새싹이 돋아나는 것입니다. 희망은 바로 평화로 열매를 맺을 것입니다. 그렇죠, 여러분?"

평화의 어머니라는 분의 말이 끝나자, 내 손을 잡고 있던 진석의 손이 물기를 머금으며 또 '으으으으……' 무슨 말인가 하려고 했다. 많은 사람들 속에서 흥분하고 있는 것 같아 그의 손을 내 두 손으로 더 꼭 잡았다. 말로 다하지 못하는 신음 같은 그 소리는 점점 더 커졌고 끝내 그는 폭발해내고 만다.

"지영 씨, 내 여자가 됐다."

참으로 엄청난 소리였다. 외침이었다. 웨딩드레스를 곱게 차려 입은 신부는 부끄러워 빨갛게 붉힌 얼굴을 숙이며 숨어들었다. 옆에 있던 남원의 다른 축복가정의 한 신랑이 외쳤다.

"말을 하잖아. 말을 하고 있어."

나는 비로소 김진석이 정확하게 내 이름을 또박또박 부르며 나를 찾는 소리 듣는다.

"지영 씨, 내 여자가 됐다."

"지영 씨, 내 여자가 됐다."

그 지영 씨가 바로 나예요, 바로 나라구요. 나는 숙인 얼굴을 바짝 쳐들고 하늘을 당당하게 우러러보았다. 꿋꿋하게 당당하게.

ㅇ

내 나이 이제 칠십이다.

칠십 년을 살아온 내 인생을 뒤돌아보면 마치 이십 년만 산 것같이 그 이십 년만 떠오른다.

숙경이가 그랬었지.

'니 인생 니가……'

내 삶에서 내가 있었던 유일한 시간. 나를, 칠십 할머니의 전부를 채우고 있다.

돌아보면 다행이 아니라 축복이다. 맞다, 내게 축복의 시간이었다. 앞으로 더 살 날은 또 얼마나 될 지 알 수 없지만 앞으로도 그 축복의 날은 이어질 것이다. 이어지는 것 이것이 바로 풀리는 삶이겠구나, 기분 좋은 마음으로 앞날을 바라본다.

너를 내 가슴에서 내려놓고 놓아줄 수 있는 날이기도 했다. 잃어야, 잊어야 비로소 채워질 수 있는 세월이었다. 비워야 채워지듯이.

　1호선 전철에서 마주앉았던 너의 모습이 문득문득 떠오르곤 한다. 그때 네가 나를 알아보고 나를 반겨줬더라면 그뒤 나의 지금과 같은 삶은 절대 일어나지 않았을 것이다. 아마도 고향 가던 길을 돌려 널 따라갔겠지. 그러면 그뒤 이십 년은 그 전 오십 년과 다르지 않은 삶을 살아야 했겠지.

　1호선 전철에서의 조우를 떠올릴 때마다 '다행이다 다행이다' 한다.

　"네가 스쳐 지나가버려 준 일, 네가 날 피해준 일이 얼매나 다행인지…… 끔찍허다며, 천만다행이라며 가슴을 쓸어내리곤 헌다. 이것도 감사한 일이제."

　내게 기적은 남에게서 얻어온 것이 될라나? 네가 나를 피해준 일이 내겐 기적이 되었으니 말이다.